Les disparus de Saint-Palais

Les disparus de Saint-Palais

Sylviane CAGNIER

Les disparus de Saint Palais

Visuel de couverture
Isabelle BeauJean

Mise en page
Laurence Dubranle

Chapitre 1

C'est une matinée venteuse. Une de ces journées de fin d'automne avec l'arrivée des premiers frimas qui piquent et rougissent le nez et les oreilles. Isabelle marche d'un pas vif. C'est une jeune femme aux cheveux blonds coupés courts, aux yeux bleu azur bordés de longs cils, les joues rosies par un petit vent aux caresses glaciales. Elle porte quelques rondeurs qu'elle assume volontiers. En général elle se préoccupe peu de son apparence physique. Elle se sent bien comme elle est, sans complexe. Elle est vêtue d'un pantalon, d'une veste polaire, son bonnet vert et bleu en laine bien enfoncé sur la tête. Elle se rend comme tous les matins, depuis quelques années à son poste de secrétaire médicale.

Un bureau blanc fonctionnel situé à l'entrée de la salle d'attente du cabinet du docteur Dupuis, au rez de chaussée d'un immeuble de la rue Messier pas loin du square Montsouris dans le quatorzième à Paris, où le docteur exerce depuis plusieurs années. Cette pièce est peinte de couleur jaune pâle. Elle est agrémentée de quelques plantes grasses avec des sièges en bois clair, confortables, qui la rendent très accueillante.

Il y a peu de rendez-vous programmés ce jeudi matin, consacré aux visites à domicile, les patients préférant plutôt venir l'après-midi. Isabelle aime ce travail de secrétaire médicale qu'elle a choisi après avoir obtenu son bac.

Deux tentatives d'emploi ne l'ont pas satisfaite, une à l'hôpital, l'autre dans un centre pour prendre les rendez-vous de plusieurs praticiens. Elle est en poste maintenant depuis dix ans dans ce cabinet.

Le docteur Dupuis est une femme charmante, la cinquantaine, brune, un chignon serré, peu de maquillage, habillée d'un tailleur bleu marine, sur un corsage blanc où brille une simple chaîne en or. C'est une personne aimable, pas exigeante quand le travail qu'elle vous demande est bien fait. Isabelle s'y trouve à sa place. Elle prend du plaisir dans cet emploi. Elle aime cette proximité avec ses patients, ce qui lui permet de bavarder un peu avec eux. La clientèle de tout âge lui racontant ses petits problèmes de maladie ou familiaux. Ce n'est pas toujours facile à entendre.

Elle essaie de son mieux de leur prodiguer des mots de réconfort. Mais Isabelle, aujourd'hui avait l'esprit ailleurs, des questions se bousculaient dans sa tête, ce qui la rendait nerveuse depuis la veille au soir.

En effet, après être passée au super marché faire quelques courses après le travail, en rentrant à son domicile, elle avait trouvé un étrange courrier dans sa boîte aux lettres à l'entête d'un cabinet de notaire en Charente-Maritime. Cette ville ne lui disait rien.

La lettre à la main, pensive, elle monta les trois étages de l'immeuble de la rue de Belleville où elle avait un minuscule studio sous les toits. Elle déposa la lettre sur la console de l'entrée, posa son sac, se débarrassa de son manteau. Elle enleva ses chaussures, enfila des mules confortables en tissu un peu effilochées, mais qu'elle avait du mal à quitter. Puis elle soupira d'aise, appréciant le plaisir de se retrouver dans son petit intérieur, qu'elle avait décoré simplement à son image, d'un jaune sobre qui ensoleillait la pièce. Les murs étaient agrémentés de quelques aquarelles représentant des rues de Paris, qu'elle avait achetées lors de ses promenades à Montmartre.

Elle ouvrit son mini congélateur, mit un plat surgelé au micro-ondes. Elle alla ensuite se glisser sous une douche bien chaude. En sortant, elle s'enveloppa dans sa robe de chambre en éponge, les cheveux mouillés, elle enroula une serviette autour de la tête. Elle prit son temps pour dîner.

Elle retardait le moment d'ouvrir cette enveloppe. Elle qui vivait seule n'avait pas souvent de courrier, à part des factures. Que lui voulait ce notaire ? Elle n'avait plus de famille. Elle avait très peu de souvenirs en commun avec ses deux parents, Laure et Maurice Le blanc.

Elle avait été élevée par sa mère seule.Son père était mort quand elle était encore toute petite. Isabelle l'avait jamais connu, elle n'en avait aucun souvenir. Elle n'avait jamais vraiment su les circonstances de son décès. Sa mère, elle, était partie, il y avait un an d'un cancer foudroyant. Elle n'avait jamais vu de famille leur rendre visite. Personne de connaissance ne venait à la maison, un modeste logis de trois petites pièces au-dessus d'un magasin d'antiquités. Isabelle ne recevait jamais d'amies à la maison. Cela faisait longtemps qu'elle ne posait plus de questions.

Sa mère, couturière à domicile, vivait à l'écart, ne recevait que la visite de ses clientes fidèles qui venaient régulièrement. Une mère solitaire mais amusante, la faisant rire avec des grimaces, lui chantant des chansons.

Isabelle en grandissant, quand elle la voyait fatiguée, l'aidait en coupant les modèles ou en effectuant quelques finitions. Quand sa mère commettait des erreurs, c'était à elle de découdre les points incorrects. Elle lui manquait beaucoup. Perdue dans ses souvenirs, elle poussa un soupir, finit par s'asseoir sur son petit divan-lit.

Elle prit le courrier, se décida à l'ouvrir. Un notaire maître Simon lui demandait de prendre rendez-vous dans les plus brefs délais, aucune autre explication n'était donnée.

Vraiment tout cela ne lui disait rien. Elle n'avait jamais entendu parler de cette ville. Elle ne connaissait personne en Charente-Maritime. Elle mit la télévision, mais elle n'arrivait pas à suivre le film. Elle finit par l'éteindre.

Elle alla se coucher. Elle eut beaucoup de mal à trouver le sommeil, cette convocation tournant en boucle dans sa tête.

Chapitre 2

C'est pourquoi ce matin, Isabelle était arrivée à son poste de travail, mal réveillée. La salle d'attente était vide. Elle quitta ses vêtements chauds dans le local réservé au personnel, puis alla s'installer derrière son petit bureau, nerveuse. La lettre à la main, elle prit le téléphone, composa le numéro de l'étude. Elle dût patienter un peu pour obtenir la communication.

Elle se mit d'accord avec la secrétaire de maître Simon pour un rendez-vous le samedi suivant à neuf heures trente.

Finissant sa semaine le vendredi midi, elle avait le temps de prendre un train dans l'après-midi, pour être sur place la veille. Le voyage ne calma pas son attente ni l'impatience qui avait perturbé ses nuits.

Le samedi matin, après une nuit blanche, passée dans un charmant petit hôtel de charme près de la plage à Royan. Trop curieuse de savoir ce que l'on avait à lui annoncer, elle s'était levée avec le jour naissant. Du balcon de sa chambre, elle avait admiré le spectacle magnifique du lever du soleil rougeoyant sur la mer, tout en guettant le cadran de sa montre. L'heure venue, elle s'était rendue à l'adresse indiquée, dans une rue piétonne de la ville. Après avoir traversé un marché très animé, riche en couleurs, elle se retrouva devant l'étude de maître Simon, devant un vieil immeuble ayant pignon sur rue, datant du début du siècle. Au-dessus de la porte se balançait une enseigne en cuivre au décor feuille de chêne annonçant la profession de notaire. La secrétaire lui demanda de patienter. Elle la fit entrer dans un petit salon tapissé de toile de Jouy, très élégant, occupé par de jolis fauteuils crapauds recouverts de tissu couleur or. Le notaire se leva pour l'accueillir. D'une voix agréable, il la pria de s'asseoir, puis passa derrière un grand bureau d'acajou, un dossier ouvert attendait devant lui.

C'était un homme de taille imposante, grisonnant, avec un franc sourire sous une moustache fournie, des lunettes aux montures discrètes. Il était vêtu d'un costume foncé d'une coupe stricte et élégante, égayé d'une cravate rayée.

Après les présentations, il lui lut le testament.

Une cliente de son étude décédée depuis peu, ayant précisé selon ses dernières volontés, vouloir rester anonyme, avait cité son nom comme légataire d'une somme d'argent conséquente, d'une propriété à Saint Palais sur mer, comprenant une villa belle époque, datant de 1900, prés du sentier des douaniers reliant les plages de Nauzan au centre-ville et jusqu'à la grande côte.

Après quelques recherches menées par un cabinet de recrutement pour la retrouver, il l'avait donc contactée. Elle avait tout son temps pour prendre la décision d'accepter ou non ce legs. Maître Simon peu bavard avait clos la discussion assez rapidement. Elle n'avait pas eu plus de réponses aux questions qu'elle avait envie de poser. Voilà pourquoi, à cet instant, Isabelle se trouvait devant la grande grille en fer forgé représentant des motifs de fleurs de cette villa des Sables, les clés à la main.

Chapitre 3

La propriété se trouvait dans un grand parc au bout d'une longue allée de marronniers déplumés par l'hiver, ressemblants à des fantômes en attente. Des arbres centenaires ainsi que deux palmiers ornaient chaque côté de la terrasse où on accédait par six marches disposées en arrondis. La façade avait une corniche fantaisie ornant le faîte de la toiture, avec un pignon en triangle au centre, de hautes cheminées dominaient l'ensemble. Elle était de forme rectangulaire, percée de nombreuses fenêtres à meneaux aux volets clos, qui lui donnait un aspect farouche, l'air refermé sur elle-même. Plus on avançait, plus on avait le sentiment qu'elle refusait toute intrusion étrangère. Sur le côté gauche, on apercevait des dépendances, sûrement les écuries et le garage.

Isabelle impressionnée, paralysée par ce qu'elle allait découvrir dans cette maison inconnue, hésitait à mettre la clé dans la serrure de cette double porte massive ornée de ferrure et d'un heurtoir en cuivre. Enfin elle se décida à déverrouiller les battants qui s'ouvrirent dans un grincement traînant des gonds qui déchirèrent le silence. La maison n'avait pas dû être ouverte depuis longtemps. Une légère odeur de renfermé y flottait. Les murs étaient épais, il y régnait une grande fraîcheur.

Le rai de lumière de la porte ouverte dessina devant elle, un escalier en fer à cheval, au centre d'un grand vestibule recouvert de marbre. Sur la droite se trouvait une belle porte en bois moulurée. Elle s'y dirigea. En se servant d'une des clés du trousseau que le notaire lui avait remis, elle pénétra à l'intérieur, en tâtonnant dans la pénombre. Les rideaux fermés laissaient passer des lignes d'ombre et de lumière. Elle les tira et ouvrit les volets. Elle se trouvait dans une salle à manger immense. Une énorme table occupait le centre de la pièce, recouverte d'une belle nappe en dentelle blanche, en son centre trônait une magnifique coupe à fruits en verre de forme bateau. Deux candélabres en argent à trois branches complétaient l'ensemble. Elle était entourée de chaises tapissées style Aubusson. Suivaient disposés dans la pièce des dressoirs, bahuts, un vaisselier garni de belles assiettes où étaient peintes des scènes de vie de la région en rapport avec la mer.

Au plafond de grands lustres en verroterie. Une porte au fond de la pièce l'amena à un couloir étroit qui conduisait à la cuisine suivie de l'office, tous deux sommairement équipés avec peu d'électroménager. De l'autre côté de l'escalier était un vaste salon, tapissé de papiers peints aux motifs arabesques orangés, éclairé de portes-fenêtres ouvrant sur la terrasse avec au-dessus un vitrail en demie-lune. Tous les meubles étaient recouverts de draps blancs.

Venait en enfilade une petite salle de bal au parquet brillant. Des chaises disposées côte à côte en faisaient le tour. Un piano trônait sur une petite estrade, enfin un meuble où était posé un tourne-disque valise des années soixante, ainsi que des piles de disques vinyle, 45 et 78 tours. Sur la gauche une porte ouvrait sur un bureau comportant une bibliothèque en if de style anglais, aux murs recouverts de nombreuses étagères bien fournies de livres et brochures, au centre une table de travail en acajou avec écritoire. Un fauteuil en cuir marron dont l'usure indiquait qu'on y avait fait de longs séjours complétait l'ameublement. Puis en ressortant dans le vestibule venait l'escalier qui finissait sur un grand palier.

La main courante en bois était lustrée par le passage répété des mains. Il était très impressionnant par sa galerie de portraits. Des hommes et des femmes représentés en tenue de diverses époques. Ce qui faisait froid dans le dos émanait du manque de sourire sur leurs visages, ainsi que leurs regards qui semblaient vous suivre.

Qui était cette famille ?

Qui était cette femme qui lui offrait cette maison ? Ce notaire était resté tellement énigmatique !

Chapitre 4

Isabelle avait pris des jours de congé pour réfléchir posément, pour faire connaissance avec cet étrange héritage, surtout pour essayer de comprendre ce qui lui arrivait. Ainsi que pour l'aider à prendre sa décision. Avant toute chose elle devait faire quelques courses. La maison était isolée, il fallait prévoir des provisions, puisqu'elle allait rester quelques temps. Pour ses déplacements, avant de partir de Royan elle avait loué une voiture, une Clio bleue, une couleur qu'elle aimait beaucoup. Elle trouva une boulangerie, ainsi qu'une supérette à l'entrée de la ville. Il lui sembla qu'on la regardait bizarrement, c'était une impression de regards fuyants. Cela l'intrigua, lui donnant l'envie d'en savoir plus sur cet étrange héritage. Elle rentra très vite, impatiente de trouver des réponses à ses questions, peut être en fouillant la maison.

Après avoir rangé ses achats, elle commença par le salon. Elle retira les housses qui recouvraient tous les meubles, au fur et à mesure, lui apparurent des fauteuils en merisier massif assortis de

19

beaux coussins vert amande aux reflets dorés, une méridienne, un bar en forme de mappemonde, plusieurs petites tables basses. Une cheminée en marbre noir, ornée d'un miroir ovale, la plaque au-dessus du foyer était garnie de deux chandeliers et d'une pendule en bronze portée par une statue de femme. Placé entre deux fenêtres un écritoire bureau à tiroirs, au-dessus une toile de Manet représentant son ami Monet peignant sur son bateau datant de 1874.

Partout autour de la pièce, sur les meubles des photos dans de jolis cadres ouvragés. Un couple des années trente, la jeune femme en robe charleston, coiffure courte avec bandeau fantaisie. Lui, les cheveux gominés, style Clark Gable. Sur un autre cliché, le couple tenait un enfant dans ses bras.

Plusieurs autres du couple prises à d'autres moments de leur vie, seuls ou avec cet enfant. Ensuite en voyant la ressemblance, le même garçon devenu jeune homme au bras d'une femme blonde souriante, ravissante dans une robe d'été. Puis à leur mariage à tous les deux, ainsi qu'à la naissance de leur bébé.

Elle fouilla le secrétaire, les mêmes photos de famille, prises à divers endroits, dans le parc, devant la villa, sur le perron, plus un livre de compte concernant les dépenses de la maison, finissant à la date du dix mai 1968.

Rien d'autre qui aurait pu la renseigner !

Avaient-ils quitté la maison après cette date ? Pour quelle raison ?

Chapitre 5

Isabelle décida de sortir. Elle avait besoin de prendre l'air. La terrasse était tapissée de feuilles. De gros nuages charbonneux couraient dans le ciel. Elle fit le tour du parc, très grand avec plusieurs essences d'arbres. Des tilleuls argentés, un érable, tous disposés avec harmonie. Il lui semblait quand même bien entretenu malgré la longue absence évidente des propriétaires. La maison était construite en hauteur. La vue était époustouflante Le parc descendait en pente douce vers la plage. Un escalier permettait d'y accéder directement. Tout autour un petit mur protégeait du vide, on pouvait du haut du parc admirer la mer, entendre le clapotis des vagues. Un vent frais soufflait de la mer. À marée haute on respirait une odeur de sel et d'algues.

Elle remonta lentement vers la villa, apprécia le silence troublé seulement par le chant des oiseaux. Cette maison dans ce grand parc, aux parterres fleuris, aux haies de lauriers roses, devait être très agréable à la belle saison. Les projecteurs dissimulés dans les frondaisons, répandaient sur les pelouses une lumière clair-obscur. Elle frissonna. Il se faisait tard. Elle rentra dîner. Elle prît un bon livre, monta se coucher.

À l'étage, il y avait plusieurs chambres, deux sur la gauche étaient communicantes, dont l'une était une chambre d'enfant qui attira son attention. Quand on y pénétrait, on y était étrangement surpris, rien ne semblait avoir bougé, elle était comme figée dans le temps, un petit lit blanc à barreaux, un joli parc en bois, des peluches et jouets très anciens, assise sur une chaise une jolie poupée en porcelaine, une boîte à musique dont on tournait la manivelle, tout était à l'abandon, comme délaissé par un enfant, mais semblant prêt à servir à tout moment. Encore un mystère.

Isabelle passa dans la chambre communicante. Son lit confortable à baldaquin avec son gros édredon, les doubles-rideaux damassés, tout l'ensemble était dans des tons bordeaux et or. Quelques tableaux dans des cadres en bois dorés représentaient Saint Palais à la belle époque. Une coiffeuse habillée d'un joli tissu moiré, supportant un ensemble broc et cuvette en faïence décorée d'un motif floral, un grand miroir ovale biseauté, un petit tabouret en velours placé devant, complétaient l'ameublement. Elle invitait au repos. Elle prit des draps dans une grande armoire. Fit son lit, se coucha, s'endormit facilement. Peu après une heure du matin, elle avait vérifié sur son téléphone, un bruit la réveilla. Cela venait de la chambre d'enfant. Elle repoussa ses couvertures, se leva, ses pieds nus sur le parquet le firent craquer. Elle s'approcha lentement de la porte, elle entendit une berceuse. Elle resta figée.

Qui chantait ?

C'était une voix douce, une voix aimante. Elle ouvrit doucement la porte. Le couloir était désert. La chambre d'enfant était dans le noir, par le peu de clarté de la lune perçant par les fentes des volets, on devinait le petit lit, mais la pièce était bien vide.

Avait-elle rêvé ?

Il y avait un mystère autour de cette chambre d' enfant. Elle passa quand même le reste de la nuit profondément endormie.

Chapitre 6

Au matin, elle était impatiente de reprendre ses recherches. Après avoir fouillé en vain quelques tiroirs un peu partout, elle pensa au grenier.

À l'étage un petit escalier sur la gauche y conduisait. Elle y trouva un bric-à-brac de tout ce que l'on met de côté et qui reste là pour toujours.Vieux mobiliers, bibelots, tableaux. Deux grandes malles étaient au fond, elle en ouvrit une, elle contenait des vêtements de femme, à la mode dans les années soixante, jupes à pois, à carreaux, robes mini au-dessus du genou, petits corsages blancs. Quelques pantalons d'homme patte d'éléphant, rien de plus. Pour l'autre malle, c'était surtout de la layette, des vêtements de bébé, jouets d'enfants, peluches, articles de plage. Elle descendit déçue. Elle se prépara un repas léger, jambon, salade. Elle se lova dans un fauteuil pour réfléchir.

Que s'était-il passé dans cette maison pour que ses occupants abandonnent tout sans jamais revenir y vivre ?

Chapitre 7

Un coup de sonnette la fit sursauter. Un homme était devant la porte.

Un bel homme, séduisant, cheveux poivre et sel, front large et haut, yeux noisettes, lunettes carrées, les lèvres un peu fortes mais bien dessinées, assez plaisant à regarder. Il portait une tenue de travail, chemise à carreaux, salopette, tablier, gants. Il se présenta Pierre Lescurt, le jardinier. Isabelle s'étonna.

Qui l'employait ? Il lui expliqua recevoir régulièrement son salaire pour l'entretien du jardin, mais cela venait directement du notaire qui gérait la villa. Isabelle se présenta elle aussi, mais elle le trouva évasif, peu enclin à parler. Il prit congé assez vite, laissant Isabelle très perplexe. Elle décida d'aller en ville peut être trouverait elle des renseignements sur cette famille qui décidément l'intriguait.

Elle entra dans un magasin de tissu à la devanture en bois peinte en gris assez ancienne, mais il venait d'être racheté. La propriétaire était là depuis peu et ne pouvait rien lui dire. Elle entra dans le magasin suivant, qui vendait des chaussures, la patronne ne savait pas grand-chose non plus. Elle lui suggéra de s'adresser à la mairie et à l'église, ce qui était une bonne idée.

À la mairie, la secrétaire voulait lui fixer un rendez-vous. Elle insista, la trouvant aimable elle lui expliqua sa situation et réussit a la convaincre de vérifier le nom des propriétaires correspondant à l'adresse. Il fallut d'abord faire des recherches sur le registre de l'état civil, puis au cadastre qui ne mentionnait depuis de nombreuses années que le nom d'un comte de la Bruyère qui avait fait construire à cet endroit en 1900. Il n'y avait eu que des changements de prénoms, sûrement des héritages d'enfants mais pas d'autres noms de propriétaires enregistrés depuis cette date. La secrétaire voulait l'envoyer chez le notaire, mais Isabelle le connaissant savait déjà que cela ne servirait à rien. Elle se rendit à l'église où elle eut la chance de trouver le père Paul, il n'était là que depuis une dizaine d'années. Il ne connaissait personne de cette famille, mais ses paroissiens lui avaient raconté qu'il y avait eu des drames dans cette villa des Sables avec beaucoup de questions restées sans réponse. Il savait que tous ces événements remontaient aux années 1968. Il ne pouvait lui en apprendre plus.

Chapitre 8

Rentrée à la villa Isabelle, alluma son ordinateur portable, peut-être trouverait-elle des renseignements en tapant le nom de famille de la Bruyère et la ville de Saint Palais. En remontant les années devant elle apparut un article de journal, il relatait les manifestations des événements de mai 1968 sur deux grandes pages, mais un peu plus loin un article attira son attention. C'était une photo d'enfant, une petite fille d'un peu plus d'un an, Adèle de la Bruyère. Elle avait disparu du domicile de ses parents en même temps que sa nurse Agathe Tellier et du chauffeur Jacques Neuville, dans des conditions inexplicables. On pensa que l'enfant avait été enlevé par le couple. Les photos dans le journal étaient sombres, les visages peut distincts. Les recherches approfondies et longues de la police n'avaient rien donné.

D'après le journaliste, l'enquête avait duré plusieurs mois sans résultat. Ils s'étaient littéralement volatilisés. Le journal avait consacré un article à la mère de l'enfant Marie de la Bruyère qui ne pouvant se remettre de cette disparition avait dû être internée à la clinique psychiatrique villa du

Parc prés de Royan. Elle releva le nom du journal Ouest France et du journaliste de l'époque Maxime Jolivet. Plus loin dans ses recherches un autre article de Maxime, il revenait sur ce drame.

Quelques mois après cette disparition, le père de cette petite fille jamais retrouvée, Jean de la Bruyére s'était tué en voiture. Il était tombé dans un ravin vers le pont du diable. Mais les causes de l'accident restaient troubles.

Peut-être un suicide ?

Chapitre 9

Le lendemain, elle aperçut de nouveau dans le parc Pierre le jardinier occupé à tailler des massifs. Isabelle se décida à le rejoindre pour essayer d'entamer une conversation, peut-être en apprendrait-elle davantage. Après avoir discuté de la pluie et du beau temps, de son travail, des parterres bien fleuris, de la pelouse bien verte. Elle finit par lui demander depuis combien de temps il travaillait dans la propriété. Pierre lui répondit, depuis quelques années, mais je venais déjà avec mon père quand j'étais petit. Donc ! Il connaissait les propriétaires !

Oui ! La famille du comte de la Bruyére avait toujours possédé cette maison. C'était une famille respectée dans la région. Les derniers à l'avoir occupée étaient Jean et Marie.

Ce fut un grand drame, quand leur petite fille de un an Adèle fut portée disparue. Isabelle lui demanda dans quelles circonstances cela était-il arrivé ? D'après ce qu'il savait, le couple était parti faire des emplettes pendant deux jours à Paris.

Ils avaient confié leur enfant à la nurse, Agathe Tellier, recrutée à la naissance d'Adèle.

À leur retour, Agathe, le chauffeur Jacques Neuville et la petite fille avaient tous les trois disparus.

Que s'était-il passé ? Il ne pouvait lui en apprendre plus.

Le prêtre lui avait dit que Marie avait séjourné à l'asile psychiatrique de Royan. Isabelle décida de s'y rendre le lendemain. Elle fut reçue par la directrice de l'établissement, qui lui dit que la comtesse de La Bruyère était toujours en vie. Elle lui montra une femme à l'allure encore jeune, très mince, distinguée, aux cheveux blancs comme neige, des yeux gris très lumineux, qui vous transperçaient quand ils se posaient sur vous, le visage était agréable peu marqué par l'âge. Elle se tenait assise près d'une fenêtre, un livre dans les mains. Une soignante lui dit qu'elle ne parlait plus depuis longtemps. On ne savait pas si c'était psychique ou si elle avait décidé elle-même de se taire. Une collègue lui avait raconté que quand elle était arrivée chez eux, elle n'avait plus toute sa tête, mais pour elle cela avait dû commencer depuis quelque temps. Isabelle s'approcha, Marie leva les yeux. Leurs regards s'accrochèrent quelques instants qui parurent suspendus dans le temps, puis elle baissa la tête.

Isabelle demanda avant de partir à la directrice si elle recevait des visites. Elle lui dit qu'en effet, une femme venait une fois par an. Elle s'était annoncée comme parente, mais cette visiteuse n'était pas revenue cette année. Elle était très secrète, le visage toujours un peu caché par un grand châle. Elle restait près de Marie lui tenait les mains, parfois semblait lui murmurer quelques mots à l'oreille puis s'en allait discrètement.

Chapitre 10

Puisqu'elle était en ville, elle poussa jusqu'à la rédaction du journal Ouest-France.

On lui apprit que Maxime Jolivet ne travaillait plus au journal depuis plusieurs années. Mais le rédacteur en chef, très jeune à l'époque des faits, se rappelait l'affaire Cela avait fait grand bruit dans la région. C'était une famille très connue. Cette disparition du couple d'employés avec la petite, restés introuvables tous les trois, avait bouleversé tous les habitants de Saint Palais. Ensuite cet accident survenu peu de temps après, tout le monde avait pensé que Jean de La Bruyère s'était peut-être suicidé. Mais un doute subsistait. L'endroit de l'accident au pont du diable, la façon dont la voiture était tombée. Il y avait des traces de freinage, mais la voiture avait quand même continué sa route vers le ravin. Les gens de la ville, superstitieux, ne voulaient pas trop en parler. Il y avait une légende sur cet endroit. Un pêcheur en perdition lors d'une violente tempête avait échoué à l'extrémité de la péninsule. Il aurait vendu son âme au diable en échange de la vie sauve.

Le diable construisit un pont de pierre lui permettant de revenir sur la terre ferme. Cette histoire locale mise à part. L' enquête était restée sans réponses. Faute de preuve, la thèse du suicide avait été reconnue.

En rentrant de l'asile et du journal, Isabelle avait pris la décision d'accepter l'héritage, tous ces mystères l'intriguaient.

Chapitre 11

Elle entreprit un grand nettoyage dans la maison, elle avait encore entendu quelques fois la nuit, la voix qui chantait, mais bizarrement cela ne lui faisait pas peur.

Elle commença par la cuisine. Il allait falloir la réorganiser, beaucoup d'ustensiles devaient être remplacés, certains avaient rouillé. Il fallait ajouter un congélateur, indispensable pendant l'été. Elle devait changer la disposition des meubles pour faire de la place. Elle tira un placard avec peine, pour dégager l'angle de la pièce. Devant ses yeux ébahis, derrière celui-ci, un coffre apparut dans le mur. La serrure n'avait pas l'air compliquée. Elle chercha un couteau avec une lame solide. Elle força tout autour, cela lui prit un moment, mais la serrure céda. Le coffre ouvert renfermait un calepin contenant des dates, des rentrées d'argent importantes, un revolver, des messages de menace écrits, avec des caractères découpés dans des journaux à l'encontre de Jean de La Bruyère, s'en prenant à sa fille, lui réclamant de l'argent.

Qu'est-ce que tout cela voulait dire ?

Isabelle se dit qu'après les faits étranges qui s'étaient passés dans cette famille que devait-elle faire de sa découverte ?

Qu'allait-elle déclencher ? Elle devait pourtant se rendre à la gendarmerie déposer ce qu'elle avait trouvé. Peut-être allait-on rouvrir l'enquête.

Chapitre 12

Le commandant qui la reçut dans son bureau n'était pas chaud pour reprendre des recherches, c'était bien trop ancien.

Il lui donna l'adresse du commandant Jacob qui avait instruit cette affaire, et qui s'était retiré à Royan depuis sa retraite. L'ex-commandant très alerte pour son âge, la moustache conquérante, l'œil vif, l'accueillit avec grand plaisir. Il s'en voulait beaucoup, de n'avoir pu résoudre ce drame, qui avait ravagé cette famille. Il y avait consacré beaucoup de son temps. La disparition de cette petite fille l'avait obsédé pendant des mois. Il alla chercher ses dossiers. Il avait passé des jours et des nuits à essayer de découvrir des indices sur cette affaire. Il faisait partie de la PRDF, la brigade nationale de recherche des fugitifs. Il avait effectué beaucoup de recherches en employant les moyens qu' il avait eus a sa disposition à cette époque troublée. On n'avait jamais retrouvé la trace des disparus. Il avait même remonté l'histoire de cette famille pour essayer de comprendre ce qui avait pu se passer.

Chapitre 13

Cela commençait avec les grand-parents de Jean. Le comte Adrien et sa femme Bérangère de la Bruyère avaient une fortune importante. Ils possédaient à Cognac une fabrique de tonneaux. Une usine de verrerie où étaient fabriquées leurs marques de bouteilles. Ils faisaient eux-mêmes leur cognac et leur pineau. Le comte et sa femme possédaient une grande étendue de vignes.

En 1900 c'était la belle époque, les bains de mer étaient en pleine vogue. Les familles aisées venaient prendre les eaux à Saint Palais en Charente-Maritime. La station balnéaire était très fréquentée. Il s'ouvrait des établissements de bain à vocation thérapeutique où l'on prenait des bains de mer chauds ou de varech. Il y avait une vie festive sur la plage où on avait installé des petites cabines pour se changer et ne pas trop rester au soleil. On venait se montrer au café Nausicaa sur la promenade devant la mer, déguster des sucettes chaudes, un sucre cuit au « grand cassé » parfumé aux arômes naturels. Au court d'un séjour, ils eurent un coup de cœur pour cette jolie ville, avec ses belles plages et sa côte rocailleuse. Ils firent construire la villa des Sables, sur un éperon rocheux avec un grand parc où on dominait la mer. Ils y venaient aussi souvent qu'ils le pouvaient.

En 1914, la guerre éclata. Adrien installa sa femme et son fils Louis âgé de dix ans dans la villa et partit accomplir son devoir à la guerre d'où il ne revint pas. Il fut tué par un obus en 1916. Sa femme, comme beaucoup d'autres pendant cette période difficile sans hommes, avait tenu les rênes des entreprises pendant toutes ces années terribles. Tout naturellement leur fils en âge de prendre la relève avait secondé sa mère. En 1926, la ville fut alimentée en électricité puis en 1930 en eau, ce qui avait rendu la villa des Sables bien plus confortable.

Il se maria avec une fille d'un magistrat de La Rochelle, Éléonore dont les parents étaient eux aussi viticulteurs dans la région de Cognac. Il l'avait rencontrée lors d'un dîner d'affaires. D'une taille moyenne, rousse, pas très jolie, un nez un peu trop retroussé, mais une belle peau avec quelques taches de rousseur. Une allure réservée qui lui plut.

Puis la fortune qu'elle apportait dans la corbeille de mariage était conséquente. Une fois mariés, par commodité ils s'installèrent eux aussi à la villa.

Après quelques années, et plusieurs grossesses avortées, un fils Jean arriva dans leur vie. Le bonheur régnait, les affaires étaient florissantes.

La guerre de 1938 allait tout bouleverser. La famille de la Bruyère s'investit dans la fonderie de Ruelle où travaillaient dix mille salariés pour participer à l'effort de guerre. Les allemands avaient construit des blockhaus avec batteries de tir tout au long de la côte sur la corniche rocheuse entre la pointe de la Grande Côte et la Conche du Convié.

Bérangère la mère de Louis et sa femme Éléonore étaient appelées lors des attaques aériennes et donnaient de leur temps pour des missions d'infirmières. Mais ce jour du cinq janvier 1945, à Royan, où la guerre faisait rage, la ville fut bombardée, cinq cent trente-quatre bombardiers de la Far sur la ville, deux cent dix-sept tonnes de bombes tombèrent en quelques heures. Le cœur de la ville fut entièrement détruit. Les plages déchiquetées.

La femme et la mère de Louis appelées ce jour-là pour soigner les blessés, en prévision des bombardements, furent tuées par des éclats de bombe tombés sur le port devenu inutilisable. Elles venaient d'arriver en bateau par la mer. En arrivant sur le quai, elles avaient entendu l'alerte mais n'avaient pas eu le temps de courir vers les abris.

À la fin de la guerre, Louis se retrouva seul avec son fils Jean. Mais il était très souvent absent. Il y avait tellement de travail pour redresser les entreprises familiales. Il n'avait pas le temps pour autre chose, même pour son fils. Il confia son éducation à des précepteurs.

Jean eut une scolarité compliquée. Il n'aimait pas trop les études. Mais il était le seul héritier on ne lui laissait pas le choix. Il finit ses études tant bien que mal, en sortit quand même avec ses diplômes. En 1964, c'était la période où la jeunesse explosait. Les musiques yé-yé passaient en boucle sur les tourne-disques. Bien qu'étant le bras droit de son père, Jean âgé maintenant de vingt-deux ans, sortait beaucoup. Assez beau garçon, visage mince et anguleux, yeux gris et vifs, une silhouette aux épaules larges, avec une allure décontractée. À un concert de rock, il rencontra Marie. Une jolie blonde, bouche en cœur, yeux dessinés au mascara. Habillée d'une jupe ample serrée à la taille, corsage au décolleté en arrondi, couettes blondes mises à la mode par la chanteuse Sheila. Ce fut le coup de foudre pour Jean.

Elle était la fille d'un patron de pêche qui possédait plusieurs bateaux sur l'île d'Oléron. Le mariage des deux jeunes gens satisfaisait les familles. Marie, pas vraiment amoureuse n'avait pas eu son mot à dire. Un an après leur mariage, le père de Jean qui aimait partir à la montagne en hiver prit quelques jours de repos dans une station du mont Blanc. Il partit en excursion. Il fut pris sous une avalanche, puis porté disparu, il ne fut jamais retrouvé. Les responsabilités dont Jean héritait furent un fardeau, lui qui aimait la fête et le jeu.

Il sortait toujours beaucoup, jouait au casino, perdait de grosses sommes, la fortune s'effilochait. Sa femme Marie restait seule à la maison, s'ennuyait à en mourir. Puis il y eut la grossesse, neuf mois pénibles. Son médecin l'obligea à rester allongée. Elle se sentit très seule, abandonnée. Pas du tout soutenue par Jean. La naissance d'adèle fut très difficile. Un accouchement aux forceps avec déchirure. On eut recours à une nourrice pour l'allaiter pendant les premiers mois. Mais la santé mentale de Marie se dégradait. Elle avait beaucoup de périodes dépressives où elle s'isolait. La nourrice démissionna.

On embaucha Agathe, jeune fille de dix-huit ans, grande, mince, élancée, cheveux longs coiffés en chignon, recommandée par une amie de la famille. De caractère enjoué, elle se montra très douce avec la petite. Elle trouva de suite sa place dans la maison. Tout semblait aller mieux. Puis il y eut cette disparition !

Le commandant en était arrivé au bout de ce qu'il avait pu apprendre sur cette famille.

Est-ce que les lettres de menaces trouvées par Isabelle pouvaient l'aider ?

À la mort brutale de Jean, il y eut des rumeurs de suicide, mais aussi d'un trafic de contrebande de tabac. Rien n'avait permis d'étayer cette hypothèse. Les messages de menaces trouvés par Isabelle menaient-ils à cette piste ?

Chapitre 14

Le commandant avait aussi enquêté sur la personnalité du chauffeur Jacques Neuville et de la nurse Agathe Tellier.

Jacques Neuville était né à Limoges dans une cité HLM. D'une famille modeste, son père était ouvrier dans une fabrique de porcelaine, sa mère était femme au foyer avec quatre enfants. Il était l'aîné. Il avait traîné sa scolarité comme un boulet. Il quitta l'école à quatorze ans. À dix-huit ans, il passa son permis de conduire. Il vécut quelque temps de petits boulots. Un ami l'incita à répondre à une annonce pour la saison des vendanges en Charente. Il fut recruté par les vignes de la Bruyère. Sémillant jeune homme, l'œil pétillant, plein de malice et de vitalité, joyeux vivant, toujours prêt à rendre service. Il attirait la sympathie. Jacques se rendit vite très utile, ce qui le fit remarquer par le patron Jean de la Bruyère. Celui-ci cherchait un chauffeur, il lui proposa la place. Il conduisait son patron dans ses sorties nocturnes, on l'avait souvent vu l'attendre devant le casino tard dans la nuit.

On connaissait mal leur degré d'intimité. C'est pourquoi on ne s'expliquait pas cette fuite avec la petite Adèle et la nurse.

Une enquête avait été menée aussi sur Agathe. Ses parents lui avaient trouvé cette place de nurse pour l'éloigner de mauvaises fréquentations. La famille tenait une boulangerie à Saint-Jean-d'Angély, depuis plusieurs générations mais Agathe ne voulait pas prendre le même chemin. Sa sœur aînée n'en avait pas voulu non plus. Elle était montée travailler à Paris comme vendeuse chez un marchand de tissu. Les parents d'Agathe, très pris par leur travail, n'en pouvaient plus de passer leur temps à la surveiller. Elle sortait beaucoup le soir avec une bande de copains qui venaient la chercher en scooter pour aller danser dans les dancings de la région. Avait-elle cessé de les voir ? Est-ce que ses fréquentations pouvaient avoir un rapport avec la disparition d' Adèle ?

Isabelle après avoir pris connaissance de toutes ces enquêtes bien fournies et détaillées, menées par le commandant Jacob, sur la famille, le chauffeur, Agathe, apprenait que les pistes n'avaient pas mené loin. De plus cette année-là, c'étaient les émeutes de mille neuf cent soixante-huit. La région était bouleversée. Les chantiers navals de La Rochelle furent paralysés pendant cinq semaines.Il y eut l'occupation de l'usine sud aviation à Rochefort, la manifestation des ouvriers de la fonderie de la Ruelle bien connue de la famille la Bruyére. Il était bien difficile de mener des recherches dans ces circonstances. La police était bien occupée sur tous les fronts. Des enquêtes avaient été bâclées c'était la bonne période pour disparaître.

Le commandant prit les nouveaux éléments que lui apportait Isabelle qui prouvaient qu'il y avait bien eu des menaces, ce qui impliquait peut-être des affaires louches dans la famille de La Bruyére.

Chapitre 15

Isabelle prit congé après que le commandant lui assura qu'il la tiendrait au courant de ses recherches. Elle rentra en pensant à tout le vécu de ces personnes que lui avait raconté le commandant. Ces familles avaient toutes occupé la villa des Sables. Elle ne comprenait pas ce qu'elle venait faire au milieu de toutes ces histoires familiales, dont elle n'avait jamais entendu parler auparavant, en quoi elle y était mêlée et pourquoi cet héritage.

Maintenant qu'elle avait pris la décision de rester, il lui fallait aller vider son logement et donner sa démission au docteur Dupuis. Celle-ci bien désolée de la perdre, mais réjouie pour elle. Cela lui fit bizarre de se retrouver dans son petit studio, on s'habitue vite au confort.

De toute façon, elle avait peu de choses à emporter, ce fut vite fait. Toujours célibataire, elle s'était installée dans ce studio au décès de sa mère qu'elle avait soignée jusqu'à la fin. Elle avait bien fait quelques rencontres amoureuses, mais rien ne s'était concrétisé.

Dans le fond d'une étagère de la penderie, elle trouva un coffret qu'elle ne se souvenait pas avoir conservé à la mort de sa mère, il contenait des papiers, carte de sécurité sociale, de mutuelle. Il y avait plusieurs photos d'elle petite fille dans les robes que sa mère lui confectionnait. Mais aucun de ses parents ensemble. Son père y était toujours absent. C'est vrai que sur les clichés il n'y avait de représenté que sa mère avec elle.

Puis la photo d'une femme en noir et blanc, qu'elle n'avait jamais vue, très jeune, cheveux longs, jolie silhouette élancée. Qui était elle ? Sa mère ne lui avait jamais parlé d'elle. Elle mit la photo dans son sac, elle verrait plus tard.

Chapitre 16

Isabelle entama sa nouvelle vie. L' hiver s'était sauvé, chassé en intermittence par de bons rayons de soleil. Le brouillard qui arrivait en rouleaux par la mer, s'était dissipé. Le printemps commençait à se montrer, les bourgeons s'étaient mis à germer apportant de nouvelles fleurs et de la couleur dans le parc. Il y avait une odeur de foin coupé. Le soleil n'était pas encore très brûlant. Isabelle s'y promenait de plus en plus souvent. Elle y croisait souvent Pierre le jardinier, une cisaille à la main ou avec un râteau. Elle aimait son enthousiasme. Avec ses lunettes carrées, on aurait dit un étudiant. Il lui apprenait les différentes plantes, les diverses variétés de fleurs, lui faisait découvrir le parc, elle la Parisienne. Mais parlait peu de lui.

Pendant une de ces promenades, ils se retrouvèrent derrière la propriété dans une partie du parc quelle ne connaissait pas.

Après avoir emprunté un tunnel de verdure, ils débouchèrent sur un écriteau ! Accès interdit ! Plus loin, on arrivait à un vieux bâtiment partiellement éboulé à l'arrière de la maison près de la falaise sur un bout de terre non défriché. Un vestige d'une petite chapelle construite sur ce terrain il y avait de nombreuses années. Les propriétaires, très croyants, à l'achat du terrain n'avaient pas voulu l'enlever.

Pourquoi ce panneau ? Cette interdiction ?

Pierre lui expliqua que son père quand il était très jeune lui avait dit que Monsieur Jean avait condamné cet endroit, où il pouvait y avoir des éboulements de pierre. Il avait juré à son père de ne jamais s' en approcher. Mais il avoua s'être faufilé un jour, il s'était retrouvé au pied du mur devant une petite porte cadenassée, bien dissimulée derrière la végétation. Son père l'avait grondé. Il lui expliqua aussi que les Allemands avaient réquisitionné la villa en 1944 et avaient construit les blockhaus qu'elle avait vus sur la plage, dont un au pied de la villa. Cela avait peut-être un rapport avec certains mystères de cette maison Il n'en fallait pas plus pour éveiller la curiosité d'Isabelle.

Elle demanda à Pierre s'il voulait revenir le lendemain nettoyer le fouillis de ronces et d'herbes, et de rapporter les outils indispensables.

Chapitre 17

Quand Pierre se présenta, Isabelle l'attendait avec impatience. Il défricha tout le carré de ronces et les hautes herbes qu'il dégagea rapidement. Une petite porte en fer en arrondit, au ras du sol d'un mur encore un peu en état, de la dimension d'un gros soupirail apparut, effectivement cadenassée. Pierre avait apporté une grosse pince, le cadenas céda assez vite. Ils se mirent à deux pour ouvrir la porte dont les gonds étaient rouillés et résistaient à leurs efforts. Ils pénétrèrent dans une sorte de grande cavité. Ils durent habituer leurs yeux à l'obscurité. On ressentait un lieu sombre, ténébreux, humide et froid. Dans le fond on apercevait l'ouverture d'un tunnel qui s'enfonçait permettant de cheminer sous terre. Pierre alluma une torche qu'il avait pensé à emporter.

La lumière balaya l'ombre épaisse de la caverne. En faisant bien attention où ils posaient les pieds sur le sol inégal, ils avancèrent pour explorer les lieux. Des cartons se trouvaient adossés à la paroi en terre. Curieux, ils s'approchèrent, ces cartons étaient ouverts et vides, mais dégageaient une odeur bizarre de vieux tabac. Ils continuèrent leur prospection un peu plus profondément. Mais arrivés au niveau de l'entrée du tunnel qu'ils s'apprêtaient à prendre, ils butèrent sur un paquet tout en longueur sur le sol qui attira leur attention. Pierre avec sa pince souleva et tira un chiffon qui le recouvrait et qui s'effrita. Sous leurs yeux horrifiés se dévoilait un cadavre.

Il ne restait plus qu' un squelette humain où étaient accrochées des mèches de cheveux, quelques lambeaux d'un vêtement qui paraissait ressembler à un pantalon, recouvrant par endroit les os des jambes. L'estomac retourné, ils sortirent complètement affolés par cette découverte macabre.

Ils se regardaient, se demandaient si ce qu'ils venaient de voir était réel. Ils se laissèrent tomber au pied d'un arbre, effondrés. Au bout d'un laps de temps, le calme du parc fit descendre la tension causée par leur peur et l'horreur de la macabre trouvaille. Ils décidèrent d'appeler la police. Isabelle composa le numéro du commissariat. Elle en profita ensuite pour mettre le commandant Jacob au courant de cette nouvelle.

Chapitre 18

Les gendarmes de Saint Palais se présentèrent quinze minutes plus tard. Un homme aux épaules larges, les muscles apparents, les mains épaisses, son visage et toute son allure reflétait son autorité. Il se présenta comme étant le capitaine Marchal. Une collègue l'accompagnait, de petite taille mais bien proportionnée, le teint brun, les yeux noirs, qui lui donnaient un air dur.

Ils prirent rapidement les choses en main, établirent le périmètre de sécurité autour de l'entrée de la caverne pour protéger les lieux. Ensuite ils pénétrèrent dans la caverne pour noter sur leur rapport la présence du cadavre.

Le capitaine sortit son dictaphone et commença à relever les premières constatations. En route, ils avaient contacté les experts scientifiques. Ceux-ci arrivèrent en fin d'après-midi accompagnés du légiste. Après avoir mis leurs tenues stériles et leurs gants, ils entrèrent à leur tour. Ils examinèrent le cadavre, les ossements ressemblaient bien à la morphologie d'un homme, la mort remontait à plusieurs années.

Ils prirent des photos de la position du corps, des cartons, les flashes crépitaient à l'intérieur. Il faudrait faire des analyses plus approfondies en salle d'autopsie. Découvrir de quelle manière il était mort et surtout depuis combien de temps.

Ils inspectèrent toute la caverne ainsi que le souterrain qui avait la hauteur d'un homme debout, mais ressemblait à un boyau étroit, qui descendait à la plage jusqu'au blockhaus qui se trouvait au pied de la villa. Ils ne purent aller plus loin, la sortie étant bloquée par un bloc de pierre.

Des recherches furent effectuées sans grand résultat pour retrouver une arme quelconque, les cartons furent emportés, les ossements prirent la direction de l'institut médico-légal. Le commandant Jacob avait lui aussi été extrêmement surpris de cette découverte. Il se disait que c'était surtout impensable que cet endroit de la propriété n'avait jamais été exploré au moment de la disparition de la petite Adèle. Il faut dire qu'ils cherchaient surtout des personnes en fuite. La police était débordée avec les émeutes à Royan Après cette entretenue avec Isabelle et Pierre, il les assura qu'il les mettrait au courant de l'enquête. Il avait déjà confié l'arme et les lettres de menaces à la gendarmerie.

Chapitre 19

Les jours qui suivirent, elle vit très peu Pierre. Il semblait l'éviter. Il avait repris ses distances. Isabelle le sentait préoccupé, mais impossible de le faire parler. Pourquoi cette découverte dans le souterrain l'avait-elle affecté à ce point ? Une semaine plus tard, elle reçut un appel du commandant Jacob. Il avait des nouvelles à lui communiquer pouvait-elle venir le voir, ce qu'il avait à lui dire était incroyable. L'après-midi même, elle était installée devant un verre d'orangeade frais, sur la terrasse de la maisonnette toute en briques rouges, entourée d'un joli jardin fleuri bien entretenu, du commandant.

D'après le rapport d'autopsie qu'on avait bien voulu lui communiquer, le mort était bien un homme dans la trentaine. Il avait été tué par balle, deux coups tirés, un dans la tête, la deuxième au niveau de l'abdomen.

La police avait lancé les recherches sur des hommes portés disparus dans les années soixante, date approximative du décès. On avait découvert une seule mort signalée à Saint Palais cette année-là, cela concernait plutôt une disparition par naufrage. C'était un marin pêcheur qui possédait un petit chalutier. On pensait qu'il avait disparu en mer en février 1968. La police maritime n' avait jamais retrouvé ni le corps ni le bateau.

D'après le rapport ADN fait avec des éléments fournis par la femme de ce marin, le test révéla que cet homme, s'appelait Guy Lescurt, c'était bien le soi-disant naufragé. C'était également le père de Pierre le jardinier. Que s'était-il passé ce jour-là ? Quel pouvait être le rapport entre les personnes disparues à la villa, et la mort de Guy Lescurt au même endroit ? Est-ce que les deux affaires étaient liées ? La gendarmerie était maintenant à fond sur l'enquête.

Isabelle en avait appris un peu plus, par le commandant sur l'histoire de la famille de Pierre. Sa mère Antoinette, était une petite femme courageuse, comme toutes ces femmes de marins, qui attendent dans l'angoisse le retour des bateaux. Après la disparition tragique en mer de son mari, elle se retrouva seule pour élever son fils.

Elle se fit embaucher à la conserverie La belle-Iloise à Royan. Elle y avait travaillé jusqu'à sa retraite.

Elle habitait toujours dans cette ville. Pierre avait fait des études de jardinier paysagiste. Ce goût lui était venu à suivre son père quand il était jeune. Celui-ci faisait des petits travaux de jardinage dans les villas de Saint Palais en plus de la pêche qui ne rapportait pas gros tous les jours.

Son père disparu, Pierre ne savait pas qui c'était occupé de l'entretien du parc de la villa. À la fin de ses études, à la recherche d'un emploi, un article dans le journal lui apprit que l'on cherchait un jardinier paysagiste pour la villa des Sables. Il fallait s'adresser à un notaire de Royan, maître Simon. Il lui fournissait son salaire et l'argent dont il avait besoin pour l'entretien du parc, plantes, outils et autres. Il n'avait jamais cherché à travailler ailleurs, il avait toujours aimé cet endroit.

Chapitre 20

La police recherchait quels étaient les liens qui reliaient Guy Lescurt à la famille de la Bruyère, surtout à Jean. Des témoins, anciens marins, connaissances de Guy sous-entendaient qu'on l'avait aperçu à l'époque, sortir quelquefois de nuit avec son chalutier. Un homme raconta qu'au moment des faits, adolescent, un soir qu'il faisait la fête sur la plage avec des copains, ils avaient vu tard dans la nuit un chalutier accoster au pied de la villa des Sables, près du blockhaus. Mais à l'époque, ils n'y avaient pas trop prêté attention et personne ne leur avait posé de questions. Avec ces quelques témoignages obtenus, les gendarmes continuèrent leur enquête sur les sorties de chalutier au bureau de la capitainerie. Surtout celui de Guy Lescurt La belle Antoinette.

Pierre était revenu au domaine, Isabelle hésitante avait été le retrouver dans le parc.
Ils étaient tous les deux embarrassés, lui se sentait très mal après les révélations sur son père. Elle pour l'avoir poussé à ouvrir cette porte. Puis finalement Pierre se mit à lui parler.

Jamais on n'avait douté dans sa famille que son père soit mort disparu en mer. Il était sorti de nuit un jour de mauvais temps, malgré les réticences de sa mère. Il n'était jamais rentré. Les recherches n'avaient rien donné. Il avait été déclaré mort. Sa mère s'inquiétait toujours beaucoup quand il était en mer. Il arrivait à son père de rentrer tard, souvent dans la nuit. Elle lui reprochait souvent ses absences tardives répétées. Il la rassurait. Il revenait pour se faire pardonner avec quelques cadeaux pour elle et lui. Pierre ignorait ce qui avait pu se passer ni si son père était coupable de quelque chose. Sa mère et lui ne savaient plus que penser.

Quelques jours après le commandant Jacob se présenta à la villa. Il avait obtenu des renseignements sur le compte rendu de l'autopsie, les deux balles tirées, trouvées au milieu des ossements venaient bien de l'arme qu'elle avait découverte dans la cuisine, confiée au commandant. Les empreintes sur l'arme, à part celles d'Isabelle, n'étaient pas exploitables, on avait pris soin de les effacer. Rien ne prouvait que l'arme appartenait à Jean de La Bruyère.

Avec l'examen des ossements, dans les morceaux de tissu, on avait trouvé du sable. Le légiste et les enquêteurs en avaient déduit que Guy avait été abattu sur la plage ensuite remonté en le tirant dans le souterrain, puis dans la caverne où on avait déposé son corps, par précaution on avait pris soin de condamner les issues. Il y avait bien eu un avis de tempête d'après le bulletin météo de cette nuit-là. Cela confirmait la théorie que le chalutier aurait effectivement chaviré. Guy avait peut-être pu utiliser le canot de sauvetage pour rejoindre la plage, mais de toute évidence quelqu'un l'attendait à l'arrivée.

Que s'était-il passé sur cette plage ?

Qui de Jean de la Bruyère ou peut-être de Jacques Neuville avait assassiné Guy Lescurt. Mais cela pouvait être aussi un règlement de compte avec un contrebandier.

Chapitre 21

Après l'analyse des cartons trouvés dans le souterrain, la police était maintenant persuadée qu'il y avait bien eu un trafic de contrebande de tabac lié à la villa. La difficulté était que si longtemps après il était difficile de trouver des preuves ainsi que des témoins de l'époque. Il y avait plusieurs années que les douanes avaient éradiqué le trafic. La police avait eu dans ces années-là des doutes et avait fini par installer une surveillance sur la plage la nuit. La cargaison était jetée à l'eau, puis récupérée. On avait saisi les marchandises à leur arrivée sur le sable. Mais les contrebandiers avaient réussi à s'enfuir avec le bateau sur lequel ils étaient venus, qui les attendait au large. Après cette affaire le trafic avait cessé à Saint Palais.

Isabelle était troublée par tout ce qui s'était passé depuis cette fameuse lettre, suivie de cet étrange héritage. Tous ces événements, la villa, la disparition, le meurtre, cela faisait beaucoup pour elle. Elle se rendait compte que sa vie était complètement chamboulée.

Puis des sentiments la perturbaient, elle pensait beaucoup à Pierre. Il lui plaisait bien mais elle ignorait si c'était réciproque. Il y avait aussi une amitié qui s'était créée avec le commandant Jacob, il remplaçait la figure paternelle qu'elle n'avait pas connue. Elle était retournée voir Marie à l'asile. Cette femme l'attirait, elle était belle, son regard gris vous transperçait, en même temps vous aviez envie de la protéger. Qu'avait-elle vécu pour en être là ?

Elle avait des décisions à prendre !

Chapitre 22

Il lui fallait réfléchir à ce qu'elle allait faire de cette maison. Le cadre et la situation de la villa étaient intéressants. Naturellement, après réflexion, elle pensa à des chambres d'hôtes. Elle qui aimait le contact avec les gens, c'était tout à fait ce qui lui convenait. Cette solution lui plaisait beaucoup. Il y avait à l'étage de la villa, sur la droite, la chambre communicante avec la nursery, celle qu'elle occupait. Sur la gauche trois chambres pourraient faire l'affaire, elles possédaient chacune une salle de bain avec un lavabo surmonté d'un joli miroir, dont une équipée d'une immense baignoire à pieds. Il lui faudrait installer des douches. Elle décida pour la décoration de ses chambres qu'elle allait ôter les papiers peints aux couleurs orangées avec de gros dessins géométriques, tendance qui se faisait dans les années soixante. Elle voulait leur donner une décoration plus en rapport avec le bord de mer. Elle avait choisi une couleur bleu azur très clair pour les murs, une literie blanche avec de fines rayures bleues. Les meubles aussi étaient à remplacer de fabrication massif, ils ne convenaient pas au nouveau décor. Une grande armoire rustique bouchait tout un pan de mur. Elle appela un antiquaire qui voulait bien la débarrasser pour un prix raisonnable. Isabelle entreprit de la vider, elle contenait du linge de maison, draps, serviettes et gants de toilette, de très belle qualité, brodés aux initiales du comte et de la comtesse de la Bruyère.

Elle transporta tout dans la chambre qui jouxtait la nursery, elle s'était rendu compte qu'il y avait des étagères presque vides où elle pouvait trouver de l'espace. Elle posa le linge sur le lit. Elle empila l'une sur l'autre les piles de drap de l'armoire pour la ranger et libérer plus de place pour ce qu'elle avait apporté. Avant tout, elle essuya l'étagère dégagée. En frottant énergiquement, elle entendit un léger déclic venant du haut de l'armoire, elle faillit tout lâcher. Elle se mit sur la pointe des pieds, à la hauteur de ses yeux un petit tiroir venait de s'ouvrir, elle le tira doucement vers elle, un carnet apparut.

Un cahier secret comme en possédaient beaucoup de jeunes filles à une certaine époque. La couverture représentait deux oiseaux tenant un cœur, un ruban rose le fermait.

Quand Isabelle l'ouvrit quelle ne fut sa surprise quand elle découvrit qu'il appartenait à Agathe.

Elle finit son rangement avec hâte. Elle descendit au salon, s'installa confortablement pour lire ce cahier. Il allait sûrement lui apprendre beaucoup sur la vie de la nurse d'Adèle.

Chapitre 23

Journal d'Agathe

Je m'appelle Agathe Tellier
Aujourd'hui, mercredi 6 mars 1966.

Je viens de fêter mes dix-huit ans. À cette occasion, mes patrons m'ont offert ce cahier intime. Je commence donc ce journal. J'en avais envie depuis longtemps. Mais je n'avais pas le temps pour ça, j'aimais mieux m'amuser. Je suis née au sein d' une famille de boulangers, métier transmis de père en fils, dans le village de saint Jean d'Angély en Charente-Maritime. Mes parents sont des gens simples un peu rigides en éducation. Mon père Antoine est légèrement bedonnant. Il a des cheveux courts clairsemés qu'il cache sous un éternel béret, avec de grosses moustaches brunes dans un visage bien rouge à cause de ses journées passées à la chaleur de son four. J'ai eu une enfance heureuse au milieu des odeurs de pains, croissants, gâteaux qui embaumaient la boutique. Quand mes parents avaient quelques jours de repos, on allait à la mer sur l'île d'Oléron.

Ma mère Monique, brunette pas mal potelée, a de belles hanches rondes, que les clients apprécient la suivant des yeux derrière son comptoir. Nous sommes deux filles, ma sœur est la plus âgée. Après ses études, suivies d'un apprentissage dans la vente, ma sœur a suivi ses patrons marchands de tissu à Paris. Après son départ, mes parents avaient fondé l'espoir que je travaille avec eux. Moi, je suis plutôt enjouée, rieuse. j'aimais mieux sortir, allez danser. Je plais beaucoup aux garçons. Je suis au contraire de mes parents, grande et mince, des cheveux longs que je coiffe en chignon. Mes copains venaient me chercher en vespa. Je rentrais souvent très tard et passais la moitié de la journée au lit.

Vendredi 12 mars

Mes parents fâchés m'ont trouvé un travail. Ils m'avaient donné le choix, ou je les aidais ou je devais travailler. C'est pourquoi aujourd'hui je viens de prendre mon service comme nurse chez le comte et la comtesse de la Bruyère. C'est une très belle villa en bord de mer. Mes patrons sont charmants. Leur petite fille Adèle est adorable, c'est une enfant sage qui demande peu de travail. Il n'y a pas beaucoup de personnel. Une cuisinière Rosalie qui ne quitte pas sa cuisine, et Emilia à l'entretien de la maison. Toutes deux rentrent chez elles le soir venu. Au service de la maison depuis des années, elles m'évitent. Elles n'aiment pas trop les nouvelles venues. Moi, cela m'est bien égal. Je crois que je vais quand même me plaire ici. J'aurais pu tomber plus mal.

30 mars

Cela fait presque un mois que j'ai pris mes fonctions de nurse. Finalement j'ai été très occupée. Madame Marie ma patronne a fait une dépression. Il semblerait que cela n'était pas la première fois. Il faut dire qu'elle est terriblement seule dans cette grande maison. Monsieur Jean n'est pas souvent là.

8 avril

J'ai pris mes habitudes. Le soir je mets un grand châle sur mes épaules pour une balade dans le parc avant de retrouver ma chambre à côté de la nursery. Un soir pendant ma promenade, je suis descendue jusque sur la plage. J'y ai rencontré le chauffeur de monsieur Jean. Nous avons fait connaissance. Il s'appelle Jacques Neuville. Il n'est pas souvent là en soirée, son maître sort beaucoup.

Il doit le conduire et l'attendre. J'ai eu l'impression que je lui plaisais bien. Je sens souvent son regard qui me suit quand je me promène dans le parc avec Adèle.

Chapitre 24

Le marteau de la porte d'entrée retentit, Isabelle sursauta, plongée dans sa lecture. Elle ferma le cahier, le mit dans le tiroir du secrétaire. C'était son ami le commandant Jacob. Isabelle le pria d'entrer, l'installa au salon, lui servit un café.

Elle se doutait qu'il lui apportait des nouvelles. En effet, la police avait été contactée par un homme hospitalisé, qui avait vu le reportage à la télévision sur le mort retrouvé à la villa des Sables et qui voulait faire une déposition. Un gendarme était allé recueillir son témoignage. Cet homme avait un cancer qui en était au stade final. Maintenant qu'il était proche de la mort, et qu'il apprenait que cette affaire refaisait surface. Il voulait parler. Voilà son récit.

Au moment des faits, ce soir-là, j'avais donné rendez-vous à une femme mariée dans un blockhaus sur la plage, son mari étant veilleur de nuit à l'usine, ce qui nous arrangeait bien. À cette époque c'était un endroit tranquille pour ce genre de chose. Nous nous sommes retrouvés coincés, la tempête s'était levée, avec des vents violents, une pluie torrentielle. Mais assez tard dans la nuit, le calme étant revenu, nous pensions partir, du bruit nous parvint, des éclats de voix très menaçants. Intrigués, nous nous approchâmes sans faire de bruit d'une meurtrière dans le bloc de béton. Au blockhaus un peu plus loin au pied de la villa des Sables, un canot était sur la plage, trois hommes se disputaient, on ne voyait pas leurs visages, juste des silhouettes qui s'agitaient. Puis deux coups de feu retentirent, un homme s'écroula. Je n'ai pas vu lequel avait tiré. Ensuite les deux autres hommes traînèrent la personne tombée à terre à l'intérieur du blockhaus, quelque temps après ils sont revenus chercher le canot. Puis plus rien ! Nous attendîmes longtemps avec mon amie pour partir, de peur que l'on nous voit, jurant de ne jamais raconter ce que nous avions vu. Les jours suivants nous avons guetté les nouvelles à la radio, sur les journaux. Mais mis à part un chalutier qui avait sombré au large des côtes, aucune allusion à un mort par arme.

Quelques mois après cette nuit, je me suis engagé dans la marine. J'ai fini par enfouir cette histoire dans ma mémoire.

Ce reportage à la télévision, avec cette découverte d'un corps, me l'a rappelée, drôle de coïncidence, justement à cet endroit, et après toutes ces années. Cette femme est morte l'année dernière, moi je vais bientôt la suivre, je ne crains plus rien.

Le commandant Jacob avait fini son récit. Isabelle n'en revenait pas de cette histoire incroyable. Décidément cette maison n'avait pas encore dévoilé tous ses secrets!

Chapitre 25

Que pensait Pierre de tout cela ? Cette histoire correspondait-elle à la mort de son père ? La police voyait bien un rapprochement avec leur découverte, mais que s'était-il passé cette nuit-là entre ces trois hommes. On n'avait retrouvé aucune trace du canot, comment s'en étaient-ils débarrassés. Le commandant prit congé d'Isabelle, qui ne parla pas de la découverte du cahier. Il était tard. Elle mangea une salade de tomates que lui avait donnée Pierre la veille, un morceau de gruyère et un fruit. Elle alla chercher le cahier d'Agathe, dans le tiroir où elle l'avait rangé à l'arrivée du commandant. Elle s'installa confortablement, reprit sa lecture où elle l'avait laissée.

15 avril

Tout me plaît chez Jacques. Il est très beau garçon, brun, coiffé avec la banane à la mode. J'aime sa bouche gourmande soulignée au-dessus par une fine moustache, son œil pétillant. Son humour, pendant nos discussions le soir dans le parc quand on arrive à se voir.

20 avril

Hier soir, j'ai rejoint Jacques. Il avait sa soirée de libre. Il a glissé un message sous ma porte pour me prévenir. Je suis partie aussitôt que j'ai pu me libérer, le retrouver au fond du parc. Dès que je suis arrivée, il m'a prise dans ses bras. Nous nous sommes embrassés. Un baiser doux et sensuel, que nous avons renouvelé plusieurs fois de suite, suivi de caresses appuyées. Nos corps s'échauffaient, je pense qu'il voulait aller plus loin. Moi je n'étais pas encore prête pour ça. Après un dernier baiser, je me suis sauvée.

22 avril

À la suite d'un nouvel épisode de dépression de madame, j'ai été très prise. En plus d'Agathe, je m'occupe d'elle, la faisant manger, lui massant doucement les mains pour la tranquilliser. Pauvre femme, elle est vraiment très seule, malgré nos différences de statut, nous nous sommes beaucoup rapprochées. Je crois qu' elle m'aime bien ou simplement qu'elle a besoin d'une amie. Elle me parle quelquefois de sa solitude dans cette maison au milieu de ce grand parc. Ce n'était pas la vie qu'elle avait espérée. j'ai quand même obtenu une soirée de libre. Nous l'avons passée ensemble avec Jacques. Je l'ai rejoint dans sa chambre au-dessus du garage. C'est fait ! j'ai perdu ma virginité. Je n'ai pas pu résister. Il fut très tendre et câlin. Il m'a déshabillée lentement, caressée longuement et il m'a fait l'amour avec beaucoup de douceur. Je suis rentrée à l'aube, comblée, heureuse. Je suis amoureuse, c'est un sentiment formidable.

Je suis sur un petit nuage. Je m'occupe d'Adèle mais je ne pense qu'à lui.

30 avril

Plus l'on se voit avec Jacques, plus nous nous attachons l'un à l'autre. Nous avons beaucoup de mal à nous séparer quand arrive le petit matin. Surtout que Jacques rentre souvent tard la nuit à cause de son son patron, heureusement que nous arrivons à obtenir ensemble une soirée à nous au moins une fois par semaine. Nous parlons beaucoup, allongée la tête contre sa poitrine, sa main caressant mon épaule nue, je l'écoute. Il m'apprend des choses surprenantes sur le patron.

Jean de La Bruyère joue beaucoup au casino où Jacques le dépose le soir et doit l'attendre. Depuis quelque temps, le casino ne lui suffit plus. Jacques le conduit à des soirées privées dans des endroits mal famés où il perd de grosses sommes d'argent. Jacques a compris qu'il avait pas mal de dettes à rembourser.

Chapitre 26

Isabelle posa le cahier ! Avec ces confessions intimes d'Agathe, elle commençait à comprendre les liens qui avaient uni ces personnes entre elles. Où les dettes de Jean l'avaient-elles mené ?

Il était tard. Pierre n'était pas venu aujourd'hui. À lui non plus elle n'avait pas parlé du cahier. Elle avait envie de le lire jusqu'au bout afin de savoir ce qu'elle en ferait. Depuis qu'elle avait hérité de cette villa, elle n'arrêtait pas de faire des découvertes étonnantes. Elle se demandait la place qu'elle avait dans tous ces événements, tragiques et amoureux. Elle se posait la question : est-ce que sa mère lui aurait caché des choses ?

Elle reprit sa lecture.

3 mai

Comme de plus en plus souvent maintenant, Jacques me rejoint la nuit. Je ne peux pas laisser Adèle sans surveillance. Ses parents dorment à l'autre bout du palier. Il nous faut être très prudents. Après nos ébats de plus en plus torrides, nous restons allongés, moi serrée dans ses bras, je me sens si bien. Lui fumant une cigarette. Je voudrais que le temps s'arrête. Notre principal sujet de conversation, c'est monsieur Jean.

Jacques m'a raconté que la veille, un homme attendait son patron, à la sortie du casino. Il l'a fait monter discrètement en voiture. Un peu corpulent, cheveux noirs frisés dépassant d'une casquette de marin. Ils parlaient à voix basse, mais j'ai entendu leur conversation, ils parlaient de cigarettes et de bateau. Je les ai ramenés tous les deux à la villa. Après ça, monsieur Jean m'a congédié. J'ai vu qu'ils partaient en direction du fond du parc. Intrigué, je les ai suivis en essayant de me cacher. Derrière la villa, vers une vieille ruine, ils ont dégagé de hautes herbes, puis ils ont disparu de ma vue. J'ai dit à Jacques quand j'irais promener la petite j'essaierai d'aller y voir. Il m'a conseillé d'être prudente.

Isabelle leva les yeux du cahier, le referma. Il lui fallait réfléchir. C'était vraiment inouï d'avoir trouvé ces confidences d'Agathe. Comment avait-elle fait pour oublier ce journal intime ? Ils avaient dû partir à la hâte ou bien l'avait-elle laissé intentionnellement, bien caché dans le tiroir secret. Ne voulait-elle rien emporter de compromettant et renonçant à le détruire. Le commandant Jacob ne lui avait pas parlé de cette liaison. Il ne devait pas être au courant. Ils avaient dû se montrer très discrets, ne se voyant qu'à la villa. C'était un début d'explication pour comprendre leur fuite ensemble. Mais pourquoi avec Adèle ?

Cet homme que Jean avait rencontré était-il le père de Pierre ? Il y avait tant de questions sans réponse. Isabelle était impatiente de lire la suite du journal d'Agathe. Le lendemain après son petit déjeuner et la tête pleine des rêves confus, qui l'avaient agitée toute la nuit, n'y tenant plus, elle reprit sa lecture.

8 mai

Maintenant avec Jacques, on est sûrs que Jean trafique. On a fait le guet une nuit où Jacques l'avait encore aperçu au fond du parc. Moi, j'avais trouvé avec peine la petite porte en fer cachée derrière un fouillis d'herbe, dans des éboulis de pierre mais elle était bien fermée. Un soir, tard dans la nuit, Jacques qui allait rejoindre sa chambre au-dessus du garage, a entendu des bruits venant du pied de l'escalier qui descend à la plage. Il s'est avancé vers le muret qui borde le parc. Il a vu à la réverbération de la lune sur l'eau un chalutier approcher de la côte. Ensuite des colis ont été jetés à l'eau, puis un canoë a fait des aller-retours pour les ramener à terre. Jean et une autre personne les attendaient.

Arrivés sur la plage, ils les transportaient vers le blockhaus. Jacques a peut-être une idée. Il m'en parlera plus tard.

10 mai

Jacques m'a expliqué l'idée qui lui est venue. Il a un plan.

Il veut faire chanter le patron. Je ne suis pas pour, mais c'est tentant. On pourrait s'installer ensemble. On n'en peut plus de se voir en cachette. Nos emplois respectifs nous prennent beaucoup de temps. On n'a pas d'horaires bien définis. On ne profite pas beaucoup l'un de l'autre. Jacques en a assez d'attendre son patron une partie de la nuit, quelquefois jusqu'à l'aube. Je vais y réfléchir.

11 mai

Toute la journée, j'ai beaucoup pensé au projet de Jacques. Je sais que ce n'est pas bien, mais je l'aime tellement. Rien que le plaisir de ne plus se cacher, de vivre enfin avec lui me fait oublier les dangers que cela comporte. Je lui dirai ce soir que je le suis.

12 mai 23 heures

Jacques a apporté du papier et des journaux, on va rédiger notre message

« JE SAIS CE QUE TU FAIS LA NUIT SUR LA PLAGE SI TU VEUX QU'IL N'ARRIVE RIEN A TA FAMILLE SURTOUT A TA FILLE TU AS DEUX JOURS POUR DÉPOSER 100.000 FRANCS A MINUIT AU BLOCKHAUS 3.

Est-ce que Jean va payer ?

15 mai

Jean a payé ! Avec Jacques nous sommes fous de joie. On ne pensait pas que cela serait si facile. On recommencera un peu plus tard.

On a bien attendu que les patrons soient couchés. J'ai fait le guet. Jacques a été récupérer l'argent discrètement avant le lever du jour.

Isabelle n'en revient pas, le cahier lui tombe des mains. Elle est effarée ! Elle vient d'apprendre la signification de ce qu'elle a trouvé dans la cachette de la cuisine. Cela n'explique pas le meurtre. Qui a tiré sur Guy Lescurt et pourquoi ? Son portable lui indique que Pierre l'a appelée plusieurs fois. Mais elle n'arrive pas a quitter sa lecture. Toujours la même question, pourquoi d'une certaine façon se trouve-t-elle au milieu de cette histoire.
Elle décide de prendre un peu l'air. Un vent a secoué la maison toute la nuit, mais sa force a diminué dans la journée. Elle descend dans le parc magnifique. Des arbres majestueux se balancent encore un peu avec quelques soupirs. Pourtant des drames se sont joués dans ce lieu, si calme et tranquille surtout sur cette belle plage de Saint-Palais.
Arrivera-t-elle à savoir toute la vérité ?
Isabelle est rentrée. Elle a mis quelques tranches de pain de mie, un pot de pâte à tartiner sur un plateau, repris sa place dans son fauteuil avec le carnet, impatiente de lire la suite.

18 mai

Hier nous avons remis un nouveau message réclamant de l'argent à Jean. Jacques le glisse dans la boîte aux lettres quand il me quitte à l'aube. Monsieur Jean lit le courrier tous les matins. Nous attendons !

19 mai

Jacques est venu me retrouver très tard. Il se sentait très mal. Son patron s'était confié à lui. Il lui a révélé recevoir des messages menaçant sa famille. Il lui a demandé s'il voulait bien surveiller les allées et venues le soir dans la propriété. Cela nous a quand même fait de la peine. Il lui fait vraiment confiance. On a un peu de remords.

21 mai

Quel orage cette nuit ! Les nuages défilaient à toute vitesse, charriant éclairs foudroyants et grondement de tonnerre. Dans le parc les arbres pliaient sous les coups répétés des bourrasques. Jacques et moi avions beaucoup de mal à dormir. Mais vers deux heures du matin, le gros de la tempête s'est un peu calmé. Tout à coup on a nettement entendu un coup de feu venant du bas du parc. Nous nous sommes précipités à la fenêtre. Jacques a ouvert les volets en les retenant pour les empêcher de claquer contre le mur à cause du vent encore assez fort. De par la position haute de la villa, malgré la pluie fine qui brouillait la vue, on apercevait des silhouettes qui bougeaient sur la plage mais c'était flou. Elles ont très vite disparu. Avec ce temps on ne pouvait rien faire, nous nous sommes recouchés. Le lendemain, tout est redevenu calme. De toute façon la tempête avait tout nettoyé.

22 mai

Madame Marie m'a convoquée à quatorze heures dans sa chambre pendant la sieste d'Adèle. Elle attendait mon arrivée. Aussitôt elle m'a questionnée pour savoir si malgré l'orage, j'avais entendu un bruit dans la nuit, qui l'avait réveillée. Elle était persuadée que c'était un coup de feu. Elle me demanda si elle pouvait avoir confiance en moi. Elle souhaitait pouvoir me parler en toute franchise. Elle voulait aussi savoir si elle pouvait compter sur ma discrétion. Elle m'avoua avoir peur pour son mari, ainsi que pour sa fille. Bien qu'elle passait beaucoup de temps dans sa chambre et quittait peu la propriété, elle avait bien entendu qu'il se passait des choses bizarres pendant la nuit. Puis Jean avait peur. Elle s'en était aperçue depuis quelques jours. Il était blanc, les traits tirés, dormait peu, rentrait de plus en plus tard, presque à l'aube. Elle m'avoua. Cette nuit, j'avais pris la décision d'attendre qu'il rentre. On ne se parlait plus beaucoup. J'avais besoin de savoir ce qui le tourmentait. Il est arrivé dans un triste état, tout trempé, les chaussures pleines de sable, le visage ravagé par la peur, effondré. J'ai patienté pendant qu'il allait se changer. J'ai exigé des explications. Il a craqué. Il m'a avoué : Tu sais ce soir j'ai tué un homme. Il m'expliqua que depuis quelque temps il était victime de chantage à cause d'un trafic de tabac auquel il participait. Que la tempête qui avait détruit la cargaison qu'il attendait, le mettait en danger, les trafiquants allaient lui réclamer le montant de la marchandise. Le patron du chalutier s'en était sorti avec le canot de sauvetage mais sans les colis de tabac. Un complice dont il tairait le nom, avait jugé bon qu'il fallait l'éliminer pour faire croire qu'il s'était enfui avec la cargaison et ainsi détourner les soupçons. Jean n'a rien pu faire pour le dissuader, lui aussi risquait sa vie. Ils ont caché le corps. Nous avons décidé de vous parler, mon mari et moi car il y a un moment que nous avons compris, malgré vos efforts pour vous voir en cachette que Jacques et vous étiez ensemble. Nous devons protéger Adèle. Nous vous proposons une somme d'argent pour l'emmener en lieu sûr, chez ma sœur à Paris. J'ai demandé à réfléchir, je ne pouvais rien promettre, il fallait que j'en discute avec Jacques.

24 mai

Alors là, avec Jacques, on n'en revient pas. Quel retournement de situation. C'est une opportunité. Avec l'argent que l'on a déjà récupéré, cela nous ferait une belle somme pour nous installer ailleurs. Après avoir bien réfléchi, nous avons décidé d'accepter. Avec l'argent que nous avons, nous pourrons disparaître. Nous pensons partir à l'étranger.

Les patrons ont tout prévu, ils vont s'absenter, nous on en profitera pour partir avec la petite. Mais que faire d'elle. Je crois avoir trouvé une solution.

Chapitre 27

Isabelle est arrivée au bout des confidences d'Agathe ! Quelle histoire ! Qui aurait pu se douter de cette complicité entre ces quatre personnes dans cette disparition. Elle ne savait pas que Marie avait une sœur.

Isabelle pensa qu' il était temps de faire lire le cahier au commandant Jacob. Elle prit son portable pour l'appeler. Il était absent. Elle lui laissa un message pour lui demander de passer la voir. Il lui répondit une heure plus tard. Il lui annonçait sa venue pour le lendemain à quatorze heures. À son arrivée, ils s'installèrent sur la terrasse. Ensoleillée depuis le matin, elle vous invitait à profiter de sa douce chaleur de fin d'été. Isabelle avait donné à lire le journal d'Agathe au commandant Jacob complètement stupéfait. Comment avait-il pu passer sur ce cahier aux moments des faits. La fouille de la maison avait-elle été bâclée par ses hommes. On en revenait toujours au fait qu'ils avaient plutôt axé leurs recherches sur les moyens de transports, trains, bateaux qui auraient pu être utilisés par les fugitifs.

Il avait eu lui aussi des informations de la police qui coïncidaient avec le récit de ce journal. Ils avaient avancé dans leur enquête. Les déclarations de l'homme qu'ils avaient rencontré à l'hôpital leur paru suspect. Ils s'étaient renseignés sur lui. À l'époque des faits, jeune homme, il traînait beaucoup sur le port, pour se faire embaucher, toujours à la recherche de petits boulots pas très recommandables, en attendant d'embarquer. Avec l'orage de cette nuit-là qui était annoncé, pourquoi n'avait-il pas annulé son soi-disant rendez-vous galant dans le blockhaus. Les scientifiques avaient fait un test. La nuit et par gros temps, il était impossible de voir ce qui se passait sur la plage au pied de la villa. S'il était aussi bien renseigné, c'était qu'il était présent sur les lieux au moment du meurtre. D'après le journal d'Agathe, cela devait être la troisième personne qu'ils avaient aperçue, qui pouvait avoir aidé Jean à cacher le corps de Guy Lescurt. De plus la police maintenant savait que c'était bien l'arme de Jean de la Bruyère. Plus de doutes, les choses étaient claires. Malheureusement, il n'y avait plus de coupable à condamner. Plus personne pour raconter vraiment ce qui s'était passé cette nuit d'orage.

Jean était mort, bien que cette chute dans le ravin avait toujours paru suspecte. Les traces de freinage n'avaient jamais été éclaircies. On avait trop vite conclu au suicide. Peut être le complice, ce marin avant de s'engager l'avait-il poussé dans le ravin, pour ne laisser aucun témoin du crime derrière lui. On ne le saura jamais, les faits sont trop anciens et de plus cet homme est mort à l'hôpital il y a quelques jours.

A-t-il menti, inventé cette histoire de rendez-vous, pendant son séjour à l'hôpital pour préserver sa famille, si on venait à découvrir des indices compromettants.

Quant à Guy Lescurt le père de Pierre, il était mort assassiné.

Chapitre 28

Isabelle demanda au commandant qui était cette sœur de Marie de la bruyère. C'était vrai, il ne lui en avait pas parlé. Il lui expliqua qu'au moment de la disparition, elle avait été interrogée pour savoir si les fugitifs avaient pris contact avec elle. Mais elle avait affirmé n'avoir vu personne. Elle s'était même déplacée à Saint Palais avant le décès de Jean. Elle n'était restée que quelques jours. Elle était plus âgée que Marie, elle s'appelait Élodie, les deux sœurs avaient sept ans de différence. Elle s'était mariée très jeune à un fils d'ostréiculteur, Charles Lemoine qui après quelques mois de mariage avait quitté La Tremblade en Charente pour ouvrir des restaurants de fruits de mer à Paris dans le quatorzième et quinzième arrondissements. Elle venait rarement à la villa. Ils étaient très occupés. Elle secondait beaucoup son mari. Isabelle était très étonnée. Depuis tout ce temps, l'avait-on revue à Saint Palais. Est-elle venue voir sa sœur ? Cela devait être elle la mystérieuse visiteuse, mais dans ce cas pourquoi se cacher ? Isabelle ne comprenait plus rien. Avait-elle recueilli Adèle à la suite de la mort de Jean et après l'enfermement de sa sœur. Agathe et Jacques lui avaient-ils confié la petite ? Elle et son mari avaient-ils caché l'enfant ? Se montrait-elle discrète lors de ses visites à sa sœur pour éviter les questions ? Isabelle dit au commandant qu'il y avait trop de mystères sans réponse. Elle voulait comprendre. Elle avait pris sa décision. Elle allait se rendre à Paris. Il lui donna l'adresse d'un des restaurants d'Elodie « Le Comptoir des mers ». Isabelle fit ses bagages, prit son téléphone, commanda une chambre d'hôtel dans le quinzième arrondissement, et son billet de train pour la fin de semaine. Elle devait prévenir les artisans qui travaillaient sur ses chambres d'hôtes, bientôt prêtes. Mais il lui fallait surtout raconter toute l'histoire à Pierre. Après la découverte de la mort macabre de son père, bien que la police lui ait confirmé son implication dans le trafic de tabac, il avait le droit de savoir, ce qui cs'était passé à la villa. Isabelle avait été le rejoindre plusieurs fois dans le parc. Ils s'étaient beaucoup rapprochés. Il lui avait parlé du chagrin qu'il avait eu d'apprendre qu'il travaillait si près du corps de son père. Il disait l'avoir perdu deux fois, le jour du naufrage, et ensuite dans ce souterrain. Il devait aussi se faire à l'idée que son père avait été un contrebandier.

Isabelle lui raconta elle aussi son enfance solitaire avec sa mère. Elle lui apprit son départ pour Paris. Il fallait qu'elle rencontre cette sœur de Marie.

Elle lui dit ne pas pouvoir vivre en paix dans cette villa tant qu'elle ne connaîtrait pas toute la vérité. Mais aussi pour Marie, à qui elle avait rendu visite quelques fois. Cette femme murée dans son silence, la touchait beaucoup. Elle méritait de connaître la vérité.

Pierre lui avoua qu'elle allait lui manquer, mais qu'il la comprenait. Au moment de se quitter, il la fixa intensément de ses yeux noisette dont les verres carrés n'arrivaient pas à cacher les sentiments qu'il lui portait depuis quelque temps. Le cœur d' Isabelle s'emballa. Il lui tendit les bras, elle s'y réfugia. Elle aussi avait senti cette attirance qui les poussait irrésistiblement l'un vers l'autre. Pierre l'embrassa avec beaucoup de douceur. Puis il la repoussa tendrement. Il lui dit "fais ce que tu penses devoir faire. Je serais là à t'attendre".

Chapitre 29

Après le départ de Pierre, Isabelle fit sa valise, le cœur rempli de bonheur, la tête pleine d'espoir pour l'avenir. Elle n'abandonnerait pas l' idée de retrouver la trace d'Adèle, soutenue par l'amour de Pierre. L'aube se levait à peine, quand Isabelle quitta la villa. Son regard fit le tour du parc, glissa vers la mer d'un bleu étincelant qu'on voyait briller au loin. Elle se voyait revenir avec Adèle. Apporter la joie dans les beaux yeux gris de Marie, les voir revenir à la vie. Le voyage en train, peu rempli, très calme, lui donna l'occasion de réfléchir à la manière d'aborder sa rencontre avec cette Élodie. Arrivée à Paris, elle prit un taxi pour aller déposer ses bagages à son hôtel. Un bel immeuble très classe à l'ambiance feutrée, les couloirs étaient recouverts d'une moquette marron moelleuse, les murs peints de couleur saumon. Une chambre au décor sobre, des meubles modernes mais une impression de confort. Une fois installée elle se renseigna à l'accueil pour se rendre jusqu'au restaurant d'Elodie indiqué par le commandant. « Le Comptoir des Mers » était un bel endroit, tout était décoré pour représenter au mieux la mer. Sur un côté un grand filet tendu où étaient accrochés en décoration, des coquillages de toutes les formes, des cordages, des épuisettes.

À l'entrée, un banc d'écailler proposait, tous les fruits de mer, huîtres, mollusques, langoustines, tourteaux, crevettes. Un écailler, en pantalon et marinière, conseillait la clientèle dans son choix.

Isabelle se fit servir un plateau, alla s'asseoir et observa autour d'elle pour savoir qui pourrait la renseigner. Le personnel était relativement jeune. Il était tôt. Ils étaient tous très occupés à l'installation de la salle. Elle attendit le moment de l'addition. Elle demanda à la caisse si madame Lemoine était présente. Le caissier gêné lui répondit qu' il n'y avait plus de madame Lemoine. Elle était décédée depuis peu, mais elle pouvait si elle le voulait rencontrer son mari, il était à l'arrière dans les cuisines du restaurant. Isabelle fut désolée de ce malheur pour lui, ainsi que pour Marie qui avait perdu sa sœur. Mais elle était là pour avoir des réponses, à ses questions. Elle demanda au jeune homme aimable s'il pouvait la conduire près de monsieur Lemoine ou lui dire qu'une personne voulait lui parler. Quelques minutes plus tard, un homme se présenta. De grande taille, avec un peu d'embonpoint, des cheveux blancs, barbe et moustache poivre et sel bien taillées, quelques rides autour d'un regard franc et aimable, vêtu lui aussi d'un pantalon bleu et d'un pull marin.

Isabelle se présenta et lui demanda s'il avait un peu de temps à lui accorder. Ce qu'il fit volontiers. À cette heure il y avait encore peu de clients, la salle était presque vide. Au centre un jeune couple terminait son dessert. Deux hommes seuls, chacun à une table finissaient leur repas, l'un buvait un café, l'autre lisait un journal. Il la guida vers une table dans le fond de la salle où ils s'installèrent. Elle lui dit qu'elle connaissait Marie, la sœur de sa femme. Qu'elle avait appris son deuil et lui présenta ses condoléances. Il la remercia, lui demanda où en était l'état de santé de Marie. Isabelle lui dit qu'elle l'avait trouvée en assez bonne forme, mais qu'elle était toujours silencieuse. Enfin, elle lui expliqua pourquoi elle était venue, raconta l'histoire de son héritage de la villa des Sables. Puis en arriva à aborder le drame qui s'y était déroulé. Charles Lemoine la laissa parler.

Elle lui demanda si c'était sa femme qui rendait visite chaque année à Marie depuis ces événements tragiques. Il lui confirma que oui, mais plus personne n'y allait depuis son décès. Il lui dit : je vous ai écoutée maintenant c'est moi qui vais vous raconter une histoire. Mais d'abord nous allons monter chez moi à l'étage. Ils empruntèrent un escalier extérieur conduisant à une prolongation jouxtant le restaurant, qui était son domicile personnel. Il ouvrit une belle porte en bois agrémentée en son centre d'un décor vitré. Une fois à l'intérieur, ils pénétrèrent dans une entrée avec de beaux miroirs et une grande penderie. Il la dirigea sur la droite vers un salon. Une belle pièce peinte d'un blanc immaculé, décorée de grandes peintures du port de la Rochelle, et des plages de Charente. Au centre sur un beau parquet lambrissé se trouvait un grand tapis en laine à grands poils avec une table basse en verre à plusieurs niveaux avec sur un coin quelques revues bien rangées. Sur une petite console trônait, la photo de mariage d'Élodie et Charles. Un immense canapé d'angle en cuir bordeaux, accompagné de plusieurs fauteuils de la même couleur, remplissait l'espace. De doubles rideaux à ramages bordeaux encadraient de grandes fenêtres donnant sur la rue. Le tout donnait un aspect chaleureux. Isabelle s'installa dans l'un des fauteuils très confortables. Charles lui proposa un jus de fruits. Il s'assit en face d'elle. Isabelle était impatiente. Allait-elle enfin apprendre la vérité sur tout ce mystère qui l'entourait depuis qu'elle avait franchi la porte de cette villa des Sables ? Charles commença son récit. Mes parents étaient ostréiculteurs à La Tremblade en Charente-Maritime. Nous étions deux frères. Gabriel, soutenu par mon père, souhaitait rester pour s'occuper de l'exploitation familiale. Moi mon ambition était d'ouvrir un restaurant de fruits de mer à Paris. J'avais déjà un petit cabanon en bord de mer où je servais des huîtres ainsi que des éclades, recette faite d'une planche où l'on fait griller des moules aux aiguilles de pin, cela plaisait beaucoup, je travaillais bien, surtout pendant les vacances. Un dimanche Élodie, sa sœur Marie et des amis vinrent manger une éclade. Le courant passa très vite entre Élodie et moi. Les deux sœurs étaient blondes. Élodie avait de grands yeux bleus, Marie de magnifiques yeux gris. Élodie avait une nature pétillante qui m'a tout de suite séduit. Marie, sa sœur pourtant plus jeune était une personne plus mélancolique. On se maria très vite. Élodie partageait mes ambitions. Après le mariage nous avons continué de consulter les annonces pour trouver notre restaurant. L'occasion se présenta, un client de mon père voulait vendre le sien à Paris. C'est celui que vous avez vu. Nous quittâmes La Tremblade. Ainsi commença notre nouvelle vie. Marie se maria quelques années après avec Jean. Nous sommes allés au mariage, ensuite Elodie y retourna à la naissance d'Adèle. Le restaurant nous prenait tout notre temps. On voyait peu la famille. Puis un dimanche on eut la surprise de voir arriver Jean et Marie, tous les deux très tourmentés,même effrayés. Toute leur altitude transpirait la peur. Après avoir pris le déjeuner ensemble, Marie en pleurs craqua la première, demanda à nous parler, nous montâmes à l'appartement. Ils nous firent jurer de ne jamais révéler ce qu'ils allaient nous confier. Ils nous firent le récit de ce qui s'était passé à la villa, des dettes de jeu de Jean, du meurtre, des représailles des chefs de contrebande qui les harcelaient pour le remboursement de la marchandise disparue en mer, du chantage. Puis ils en arrivèrent à leur plan. Ils avaient proposé de l'argent à un couple, leur avaient fait fabriquer de faux papiers fournis par des connaissances de Jean. Ce couple en question c'étaient leur chauffeur et la nurse qui se fréquentaient. En échange ils devaient venir nous amener, pour la protéger, leur petite Adèle, qui était menacée dans les messages et qui servait de moyen de pression sur Jean. Le couple devait profiter de leur absence pour disparaître avec elle. Mais nous est-ce que nous étions d'accord pour élever la petite discrètement et la protéger. Elodie demanda à sa sœur, "si l'on accepte, vous qu'allez-vous faire ?" Jean nous expliqua. Nous avons notre plan, mais moins vous en saurez moins vous aurez à mentir. Nous avons beaucoup réfléchi. C' était une lourde responsabilité. Il fallait que l'on s'organise. Enfin nous nous sommes mis d'accord. Nous protégerions la petite, le temps qu'il faudrait. Ils sont repartis à Saint Palais. Dans la même semaine, nous avons appris la mort de Jean, et l'internement de Marie. Nous n'avons jamais vu arriver le couple en question ni la petite Adèle. Nous avions essayé avant leur départ de les raisonner, de les convaincre de tout avouer à la police. Mais ils n'ont jamais rien voulu entendre.

Chapitre 30

Charles s'arrêta de parler. Isabelle lui expliqua qu'elle était au courant pour la fuite des employés. Elle avait eu la chance de trouver le journal d'Agathe qui racontait tout ce qui s'était passé à la villa. Mais cela n'expliquait pas ce qu'ils avaient pu faire avec l'enfant après leur départ. Agathe disait dans son journal qu'elle avait une solution. Charles la regarda avec des yeux bienveillants. J'ai encore beaucoup de choses à vous dire, mais il est tard. Je vais nous faire monter un en-cas. Les pensées d'Isabelle tournaient dans sa tête.

Qu'est-ce que Charles pouvait encore lui apprendre de plus ? Puisqu'il n'avait jamais vu le couple ni la petite.

Il lui offrit en apéritif un pineau rouge d'un producteur d'Oléron. Ils dînèrent d'huîtres, de crevettes, de bulots. D'une part de galette aux figues de Charente. Ils s'étaient installés dans une grande cuisine moderne, fonctionnelle. Après le café Charles lui dit. Êtes-vous fatiguée ? Voulez-vous rentrer à votre hôtel ? Préférez-vous entendre la suite de mon histoire qui est un peu longue ?

Isabelle était trop excitée et curieuse pour aller se coucher. Charles l'invita à retourner au salon avec une tasse de café. Ils dégustèrent lentement leur boisson chaude. Isabelle l'esprit en déroute attendait ce que Charles avait encore à lui dire avec une grande impatience. Il reprit son récit. Ma femme était très coquette, elle aimait les belles toilettes. Elle avait une couturière attitrée qui lui faisait des modèles exclusifs.

Mais un jour madame Simone lui annonça qu'elle prenait sa retraite. C'était une catastrophe pour Elodie. Au mot couturière, Isabelle sentit une angoisse qu'elle ne pouvait définir l'envahir.

Chapitre 31

Élodie se rendit au marché Saint-Pierre connu pour ses nombreux magasins et comptoirs de tissu. Elle se disait que là on pourrait lui indiquer où trouver une couturière. Après avoir fait plusieurs stands, un marchand lui dit : J'ai une employée qui s'est mise à son compte il y a quelque temps, je ne sais pas si elle exerce toujours, mais je peux vous donner son adresse. Elle accepta. Toute contente, ma femme se rendit à l'adresse indiquée la semaine suivante. La femme qui vint lui ouvrir était grande, mince, élancée. Elodie s'aperçut qu'elle était la copie conforme de la photo que lui avait confiée Marie avant de repartir à Saint Palais. Elle représentait Agathe et Adèle prises dans le parc de la villa. Elle cacha sa surprise et la suivit. Elle traversa une petite salle à manger, très sobre, une table recouverte d'une toile cirée représentant des fruits, des chaises, un buffet. Elles pénétrèrent dans la pièce consacrée à la couture. On y trouvait une machine à coudre, des mannequins, des étagères avec des tissus, et autres accessoires. Isabelle se sentait de plus en plus mal, ce décor lui rappelait des souvenirs de son enfance. Charles lui dit: Voulez-vous toujours entendre ce que j'ai à vous raconter ? Isabelle l'encouragea à continuer. Après qu'Elodie se soit présentée, ait expliquée comment et qui lui avait communiqué son adresse, elle lui exprima ses besoins. Elle lui assura que si elle était satisfaite, il y aurait d'autres commandes. La couturière lui prit ses mesures. Elles se décidèrent pour un modèle de robe d'après-midi en tissu infroissable. Elles fixèrent la date pour un premier essayage le jeudi suivant. Quand Elodie rentra, elle pensait toujours à cette femme, elle sortit la photo qu'elle avait rangée dans un tiroir. Il y avait vraiment beaucoup de ressemblance avec cette couturière. C'étaient les mêmes traits de visage, la silhouette mince et élancée. Elle me montra la photo. Tous les deux nous sommes tombés d'accord. Il n' y avait aucun doute. Il y avait bien un lien entre ces deux femmes. Je proposai à Elodie de l'accompagner à son essayage pour tenter d'élucider cette affaire. Le jeudi nous nous sommes retrouvés tous les deux dans l'atelier de la couturière. Une grosse surprise nous attendait. Une petite fille d'environ trois ans jouait dans un coin de la pièce. Blonde, des yeux clairs. Exactement le portrait de la petite Adèle.

Élodie et moi nous nous sommes regardés ébahis. Qui était cette enfant ? Comment questionner cette mère ? Elodie me présenta et lui dit : "avant que l'on commence l'essayage, permettez-moi de vous montrer une photo". En la voyant, cette femme se mit à trembler, cacha son visage dans ses mains, puis éclata en sanglots. Une fois un peu calmée, ma femme lui demanda des explications sur sa réaction. Elodie lui dit : "voyez-vous, cette enfant est ma nièce que nous recherchons depuis trois ans. Qu'avez-vous à nous dire ? Isabelle ne comprenait plus rien ! Des questions lui vrillaient le crâne, cognaient contre ses tympans. Cette couturière était-elle sa mère ? Que venait faire Adèle au milieu de tout ça ? Charles la voyait bouleversée, tendue, en attente de réponse. Il lui demanda si elle était prête à entendre la suite. Isabelle, incapable de parler hocha la tête. Il lui dit, maintenant voici l' histoire que cette femme nous a racontée.

Chapitre 32

Je suis venue à Paris ne voulant pas travailler avec mes parents en boulangerie. Comme vous l'avez appris par mon ancien patron au marché Saint-Pierre, c'était pour travailler chez un marchand de tissu. J'ai suivi aussi des cours de couture. Au bout d'un an, j'ai fait la connaissance d'un livreur de tissu de la maison Bouchara. Il s'appelait Maurice Leblanc. Isabelle se levant d'un bond s'écria : mon père ! Charles poursuivit le récit de cette femme. Notre relation était assez chaotique. Maurice était un grand fêtard. Mais j'étais très éprise, j'ai tenu bon. On a fini par se marier. À peine un an après notre union, j'étais enceinte. Un dimanche nous sommes sortis en promenade à la campagne dans l'Oise au château de Chantilly. Au déjeuner nous avons pique-niqué. Maurice malgré mon mécontentement avait un peu trop bu. Je voulais qu'il se repose un peu. Sans tenir compte de mes réticences, il prit le volant. Ce qui devait arriver arriva. À la suite d'un coup de volant malheureux, la voiture quitta la route, nous projetant contre un arbre. Maurice fut tué sur le coup. Isabelle ne put retenir un grand cri.

Charles la laissa se remettre. Elle lui fit un signe de la main pour qu'il continue. Moi, j'ai survécu, mais j'avais perdu mon bébé. Ce fut très dur. Personne n'a rien su de cette perte. Je n'arrivais pas à me remettre de ce lourd chagrin. J'étais si seule. Je m'étais installée couturière à domicile. Maurice avait des réductions sur les tissus à son travail. Il avait insisté pour que je me m'installe à mon compte. On voyait peu de monde. Après les aveux de sa mère, Isabelle, en larmes s'effondra sur le canapé. Elle venait de comprendre pétrifiée qu'il n'y avait pas d'erreur, Charles parlait bien de ses parents. Enfin ! elle apprenait comment son père était mort. Mais quelle était cette histoire de fausse couche, sa mère ne lui en avait jamais dit un mot.

Charles la voyant bouleversée, alla lui chercher un petit cognac, qu'elle but d'un trait. Il attendit un peu, lui demanda si elle se sentait prête à entendre la suite. Elle secoua la tête, incapable de parler.

Chapitre 33

Laure Leblanc, puisque c'était elle, continua de nous raconter son histoire. Un mois après le drame, ma sœur Agathe à qui j'avais écrit pour lui annoncer mon deuil, se présenta chez moi avec son ami Jacques et une petite fille d'un an. Dès que mes yeux se sont posés sur cette enfant, j'ai su que je ne pourrais plus m'en séparer. Cela se passait pendant les événements de 1968. C'était un peu la pagaille dans les mairies. Agathe et son ami voyant ma douleur, décidèrent de ne pas suivre la demande de leurs patrons de confier l'enfant à la sœur de Marie. Ils m'aidèrent pour les démarches de déclaration de naissance, suite logique de ma grossesse. Ils me laissèrent un peu d'argent pour acheter ce qu'il fallait pour bien m'occuper de cette enfant. Puis ils disparurent avec leurs faux papiers. Voilà, vous connaissez mon histoire. Je sais que ce n'était pas bien. Maintenant que vous savez tout, c'est à vous de juger ce que vous voulez faire. Isabelle venait d'apprendre que sa vie était basée sur un enlèvement organisé, suivi d' un mensonge. Elle n'en croyait pas ses oreilles.

C'était un tourbillon dans sa tête. Elle était Adèle. La photo qu'elle avait trouvée dans les papiers de Laure dans une boîte, elle n'arrivait plus à l'appeler maman. C'était la photo d'Agathe. Tout s'éclairait !

Isabelle, demanda à Charles : « Élodie et vous n'avez rien fait ? » Nous ne voulions pas d'enfants. Nous étions trop occupés avec nos restaurants pour avoir du temps pour l'éducation d'un enfant. Jean était mort, Marie à l'asile. Cette femme Laure t'aimait tellement, on n'a pas eu le cœur de vous séparer. Adèle était en sécurité. Tout le monde a gardé le silence.

Pourquoi remuer tout ça.

Chapitre 34

Charles reprit la suite de son récit. Élodie avait rencontré sa sœur à la mort de Jean, le notaire lui avait annoncé que la villa était en danger. Si rien n'était fait, il allait falloir la vendre. Marie signa une procuration à Élodie pour qu'elle puisse la racheter. Elle lui fit promettre en échange de la garder pour Adèle si on la retrouvait. C'est ce que fit ma femme à son décès, puisque l'on savait où tu étais. On ne t'avait jamais vraiment perdue de vue. Elodie allait toujours chez Laure pour la couture, mais aussi pour prendre de tes nouvelles. Ta mère lui montrait des photos. Elles s'arrangeaient toutes les deux pour que tu ne sois pas présente ces jours-là. Nous on voyait que tu étais heureuse, c'était le plus important ! Mais pour qu'il n'y ait plus aucun secret, j'ai d'autres choses à te dire. Es-tu prête à tout entendre ? Cela faisait beaucoup d'émotions à la fois. Isabelle était tellement bouleversée qu'elle n'était plus à une révélation près. Jean n'est peut-être pas ton père biologique. Mon frère Gabriel qui était le fournisseur d'huîtres à la villa était souvent en contact avec Marie, belle-sœur de son frère. Il était resté célibataire. Beau brun, cheveux mi-longs, yeux marron enjôleurs. Une superbe carrure, développée dans son travail très physique. À force de voir souvent Marie, jolie, fragile, surtout très esseulée, il en était tombé amoureux. Il faisait lui-même les livraisons à la villa. Il en profitait pour prendre le temps de bavarder avec elle. Inévitablement ces moments intimes les rapprochaient de plus en plus. Un matin il la trouva en pleurs. Il lui proposa de revenir lui tenir compagnie dans la soirée. Elle voulait bien, Jean ne serait pas là comme presque tous les soirs, le personnel non plus. Il ne restait pas pour la nuit. Bien sûr, ils tombèrent dans les bras l'un de l'autre. Mais d'un commun accord ils décidèrent qu'il ne fallait pas que cela se reproduise. C'était difficile de prendre cette décision, mais c'était la plus raisonnable. On ne divorçait pas comme ça dans ces années-là. Ils décidèrent de ne plus se voir. Il avait tenu parole et avait cessé ses livraisons et n'avait plus été à la villa. Mais c'était très dur. Un mois après il apprenait que Marie était enceinte. Gabriel s'est toujours posé la question ? Qui était le père ? Maintenant j'espère que mon frère va pouvoir enfin savoir.

Isabelle ou plutôt maintenant Adèle était rentrée à son hôtel. Allongée sur son lit, complètement perdu. Elle repassait dans sa tête tous les événements qu'elle venait d'apprendre en une journée. Elle était loin de s'imaginer tout ça en venant à Paris. Elle avait encore des zones d'ombre à éclaircir avant de vivre pleinement sa vie. Toutes ces personnes avaient disposé d'elle à leur guise.

Pour le moment, elle n'avait qu'une hâte, rentrer à Saint Palais.

Chapitre 35

Plantée devant les grilles de la villa des Sables, Adèle revoyait son arrivée quand elle hésitait à entrer dans cette maison qui lui faisait un peu peur. Mais tout ce qu'elle ressentait à cet instant c'était le bonheur de se retrouver dans ce havre de paix. Elle en avait vraiment besoin après toutes les émotions qu'elle venait de vivre. Voilà, maintenant elle était vraiment chez elle. Elle avait pris un train très tôt le matin. La veille au soir, de sa chambre d'hôtel, elle avait appelé le commandant Jacob pour l'inviter à dîner à son retour. Il était le premier à qui elle voulait transmettre ce qu'elle avait appris. Lui qui l'avait tant recherchée toutes ces années le méritait bien. Bien qu'impatient, d'entendre ce qu'elle avait découvert à Paris, il attendit que le repas s'achève. Une fois bien installés avec leur tasse de café fumante entre les mains, Adèle lui raconta son histoire inimaginable. Le commandant était stupéfait. La police de Paris à l'époque des faits avait rencontré la sœur d'Agathe, mais n'avait rien trouvé d'anormal. Elle était couturière et vivait avec sa fille, tout était en règle pour eux. Elle leur avait dit ne pas avoir vu sa sœur depuis longtemps, ni personne d'autre. Les gendarmes n'avaient pas insisté Le commandant éprouvait un grand soulagement. Enfin il allait pouvoir classer ce dossier pesant qu'il n'avait pas pu résoudre et qui l'avait tourmenté une bonne partie de sa carrière. Il avait enfin la joie de voir Adèle devant lui. Il prit congé en lui souhaitant beaucoup de bonheur. Elle avait mis aussi Pierre au courant de son retour. Mais avant toute chose, Isabelle devenue Adèle, voulait rendre visite à Marie, sa mère. Plus elle approchait de l'asile, plus son cœur battait. Elle la vit assise dans son coin préféré, près de la fenêtre, penchée sur un livre. Elle s'approcha lentement. Marie leva ses beaux yeux gris, Adèle prit place dans un fauteuil devant elle, tout doucement elle lui prit les mains et très tendrement lui murmura : Maman ! Maman ! un instant le mot resta suspendu, puis dans les yeux de Marie fixés sur Adèle, quelque chose bascula, d'abord écarquillés, émerveillés, puis remplis de larmes qui se mirent à couler sur ses joues, se perdant dans les quelques rides de sa bouche, qui se plissa avec effort pour essayer de parler. Puis elle se leva, un cri déchirant sortit de sa gorge, retentit dans la salle : Adèle. Elle se leva, prit sa mère dans ses bras, mais celle-ci qui ne lui avait pas lâché les mains, se laissa retomber sur son fauteuil. Une soignante se précipita, mais Marie en adoration regardait sa fille. Une fois le calme revenu, la mère et la fille s'installèrent confortablement. Adèle raconta toute son histoire. Sa mère l'écoutait religieusement, ses yeux suivaient avec amour tous les mots sur ses lèvres. À la fin de son récit, Adèle lui dit maintenant qu'elles s'étaient retrouvées, elles n'allaient plus se quitter. Mais avant elle avait encore besoin de savoir la vérité pour son père. Elle avoua à sa mère qu'elle était aussi au courant pour son aventure avec Gabriel. Était-il son père ? Marie qui parlait avec encore beaucoup de difficulté, articulant chaque mot, lui affirma qu'elle en avait toujours été sûre, c'était bien lui son père. Le mois de sa conception, elle n'avait pas eu de rapports avec Jean. Adèle et sa mère avaient du mal à se quitter. Le personnel les avait laissées seules. Il était tard. Elle lui promit de revenir la chercher bientôt, ensuite elles iraient toutes les deux voir Gabriel. Il avait le droit de savoir. Il avait lui aussi attendu trop longtemps. Finis tous les mystères, elle avait réuni sa vraie famille. Elle allait sortir de la salle quand elle entendit dans son dos, une berceuse qu'elle connaissait bien. Elle l'avait souvent entendue la nuit. Elle savait maintenant qui la chantait dans sa tête. Marie après quelques mois d'observation pour son retour à une vie normale avait obtenu l'autorisation de sortir de l'asile. Le notaire l'ayant appris l'avait contactée. Il avait une lettre à lui remettre. À la demande de sa mère, Adèle l'avait accompagnée. La lettre était de Jean. Il l'avait confiée à l'étude quelques jours avant sa mort, à l'intention de sa femme, en espérant que si son état s'améliorait, qu'elle puisse la lire un jour. Une fois dans la voiture, Marie la lettre à la main, hésitait. Adèle l'encouragea. Enfin, elle la décacheta. La lettre disait :

Marie

Le jour où nous nous sommes rencontrés, pour moi ce fut le coup de foudre. Tu m'as séduit tout de suite, dans ta robe rose et blanche, que bordait ton panty en dentelle, comme c'était la mode. Tu étais jolie comme un cœur avec tes belles couettes blondes, tes magnifiques yeux gris qui te donnaient ce petit air mélancolique qui dégageait beaucoup de charme. Oui, je t'ai aimée, mais je ne te l'ai pas souvent dit ni prouvé par mon comportement. La vie de famille, je l'avais très peu connue. La nôtre est devenue très vite ennuyeuse pour moi. Nos soirées ne me suffisaient pas. Le démon du jeu me manquait terriblement. C'était plus fort que tout. Nous nous sommes éloignés. Je crois que tu as fini par te retourner vers Gabriel Lemoine, je n'étais pas dupe, je le voyais souvent à la villa. Je ne t'en veux pas! J'étais si peu présent. Aujourd'hui, je n'ai plu le goût de vivre, j'ai tout raté dans ma vie. Je n'ai réussi qu'à perdre ma fille, rendre folle ma femme, tuer un homme. Je vais quitter ce monde avec tous mes remords. J'irai au pont du diable, car le diable du jeu était en moi. J'espère qu'un jour tu pourras lire cette lettre sans amertume. Qu'Adèle reviendra près de toi et que vous serez heureuses.

 Adieu Marie

Marie s'effondra en larmes, dans les bras de sa fille. Jean s'était bien suicidé au pont du diable. Maintenant tout était clair.

Chapitre 36

La villa des Sables ainsi que son magnifique parc n'avaient jamais été aussi beaux sous le chaud soleil de ce mois de juin. La bâtisse était là, toujours imperturbable, immuable. Le parc décoré de guirlandes et de lampions suspendus dans les arbres jusque sur la plage était très coloré Une grande table était dressée sur la terrasse fleurie de gros vases garnis de bouquets blancs et roses. Le personnel avait sorti le service de vaisselle en faïence blanche, avec le liséré or, les jolis verres en cristal. On s'affairait dans la cuisine. Des odeurs chatouillaient les narines. Tous étaient présents : Marie accompagnée de Gabriel qui l'avait si longtemps attendue main dans la main ne se quittaient pas des yeux. Ils s'étaient installés au mas ostréicole de La Tremblade. Charles, lui, avait laissé en gérance à son premier commis le restaurant qu'il lui restait à Paris. Il secondait Adèle pour sa table d'hôtes. Antoinette la mère de Pierre n'avait pas quitté Royan où elle s'occupait de l'association des veuves de marins mais avait fait le déplacement.

Le commissaire Jacob profitait maintenant avec délice de sa retraite, sans regret, l'esprit tranquille. Un verre à la main, famille et amis attendaient de trinquer au bonheur d'Adèle et de Pierre qui venaient de se marier.

Plus de mystères, de disparitions, de mensonges...

Le bonheur enfin était entré
à la villa des Sables !

Les disparus de Saint Palais

Nos Créations Libres Livres
*via les éditions **B**ooks **o**n **D**emand*

- Un café en terrasse - Gérard Chareyre, 2023
- Un chemin dans la Nuit - Isabelle Beaujean, 2023
- Les Chants d'Esebelbel, Haïkus de ciels et de cendres - Isabelle BeauJean 2022
- Le Vent de la TERRE - René Barret, 2022
- Albatros ou Chien-Loup - D. Thomas & T. Blasphème, 2022
- Les héritiers du nouveau monde - Didier Mayeet, 2022
- Sous le Pont des mots... *coulent des histoires* - Isabelle BeauJean, 2022
- MOVIE LIFE, l'homme que j'étais - Ylan Corso, 2022
- Flaques de Lune dans la Nuit - Isabelle BeauJean, 2022
- Histoires et Légendes de Kédalys - Claire Mittereau, 2022
- Tout pour la poésie - Bernadette Murat, 2021
- Lettre à Ava, *la fin des colombes* - Déo-Christian Haringanji, 2021
- *Il était une fois...* La Manufacture - Robert Pasquiet, 2021
- Un coup sur le carafon, *Rendez-vous avec Miss Parkinson* -G-P de Barfon, 2020
- Le Train de la vie, contes de la vie d'un homme enfant - Gérard Chareyre, 2020
- D'encre et de Peau - Isabelle BeauJean, 2020
- Le P'tit Débarras au fond du couloir - Isabelle BeauJean, 2020
- Nancy Holloway, *la Perle noire des Sixties* - Gilles Guillemain, *préface de Josiane Balasko,* 2019
- Les Lumières de ma Vie - Fabienne Couturier-Blin, 2019
- La Vigne en France et son Terroir - François Reignoux, 2019
- De l'émOtion en réflexOlogie - Isabelle BeauJean, 2019
- De réflexologies en REFLEXOLOGIE - Isabelle BeauJean, 2019
- Quand la tête fait maigrir - Pascal Delattre, 2019
- Neige interdite *(nouvelle édition)* - Isabelle BeauJean, 2019
- Les Saisons de l'Absence - Isabelle BeauJean, 2019

Les disparus de Saint Palais

Créations Libres Livres
Un accès au monde de l'auto-édition accompagnée !

Laurence Dubranle, associée à l'édition
Isabelle BeauJean, associée à la création

Pour contacter nos auteur(e)s ou nous soumettre un projet
creationslibreslivres@orange.fr

*Merci aux équipes de **B**ooks **o**n **D**emand*

LIBRES LIVRES

Un accès au monde de l'autoédition accompagnée !

Édition : BoD – Books on Demand, info@bod.fr
Impression : BoD – Books on Demand,
In de Tarpen 42, Norderstedt (Allemagne)

Impression à la demande
ISBN : 978-2-3221-9826-9
Dépôt légal : Mars 2023